公主傳奇 38

情牽藍月亮

馬翠蘿
麥曉帆 著

新雅文化事業有限公司
www.sunya.com.hk

人物簡介
周曉星
周曉晴的弟弟，一個風趣幽默的淘氣精，不時有天馬行空的奇怪想法。
馬小嵐
來自香港的烏莎努爾公主，聰明美麗、正直善良。敢於向困難挑戰，最喜歡說的話是「天下事難不倒馬小嵐」。

周曉晴
馬小嵐的好朋友，
漂亮活潑，喜歡打
扮，最常做的事是
和弟弟鬥氣。
萬卡
烏莎努爾公國第十九
代國王，風度翩翩、
英勇果敢。是國民眼
中的好君王，小嵐和
曉晴曉星心目中的暖
心大哥哥。

目錄

第一章

吹牛皮的波波小王子

星期天，曉星起牀梳洗完後，穿着拖鞋踢踢踏踏地走去餐廳，準備吃早餐。

小嵐和曉晴還沒到，曉星就坐在自己慣常坐的位置上，然後從褲袋掏出手機，「滴滴滴滴」按了起來。

他打開了網上商店的界面，準備檢查一遍昨天的購物籃。那裏面放了幾樣昨晚臨睡前放進去的東西，今天再檢查一下，如果無增減，就下單訂購。

突然，「嘀」的一聲，手機屏上出現了一個尖頂小房子圖案，圖案上寫着「尋寶商店」四個字，接着又彈出了一則推介訊息：「尋寶」網購商店開張了，快來點我呀，快來點我呀！「尋寶」網購商店可以一下子滿足你的所有願望，絕對是購物黨的摯愛。而且，我們還有些很多特別的商品喲，不看白不看，快進入「尋寶」網購商店。

「咦，新開的『尋寶』網購商店，看看有什麼好東西。」曉星眼前一亮，正想點入。

「曉星，在看什麼？」身後響起一把清脆的聲音。

曉星扭頭一看，兩個姐姐來了。他向發問的小嵐說：「小嵐姐姐，你快來看，新開了一家叫做『尋寶』的網購商店呢！」

曉晴「哼」了一聲，說：「你這網購狂人，別再買買買了，我看你房間快被網購商品塞滿了。」

小嵐捅了她一下，說：「我得說句公道話，你網購的東西說不定比曉星還多呢！『雙十一』購物節那天，你光是鞋子就買了五雙。」

曉星得意地笑了起來，說：「哈哈哈，小嵐姐姐說得對極了。如果我是網購狂人的話，那姐姐就是網購魔女！」

「你這臭小孩！」曉晴要打曉星。

曉星可不想被姐姐修理，急忙轉移視線：「姐姐別鬧，這新開商店的宣傳廣告說，會推出有一些很特別的商品呢？說不定有你最渴望的抹一次就能美十年的潤膚膏，或者吃一顆就能減重十斤的減肥丸！」

「有嗎有嗎？」曉晴頓時兩眼放光芒，她一把搶了曉星手裏的手機，「就是這個『尋寶商店』嗎？點進去看看！」

曉晴用手指一點那個尖頂小房子標識，馬上出現了第一個商品推介：勁爆勁爆，史上最潔白最結實的假牙，戴上讓你馬上變得不一樣。男的帥，女的美，小孩子都是機靈鬼。

曉星笑嘻嘻地說：「姐姐，這個適合你，你不是最愛臭美嗎？」

曉晴敲他腦袋一下：「適合你個頭！信不信我馬上敲掉你幾顆牙齒，好讓你網購一副假牙回來鑲上。」

曉星嚇得趕緊捂住嘴。

曉晴再翻開下一個推介：結實牌耐跑鞋，一連走十公里都不會破。書包裏放一雙，以備在火車、地鐵、巴士、輕鐵、的士全部停駛而自行車又壞了時，可以穿着它走回學校，不致於耽誤學業。好學生必備哦，要買快下單，不買也看看……」

小嵐被逗笑了：「這尋寶商店賣的東西，果然很特別啊！」

小嵐話音剛落，奇怪的事情發生了。「嗖」的一聲，從那個尖頂小房子裏跳出了一個歡蹦亂跳的小東西，他只有拳頭般大，圓圓的，有眼睛、鼻子和嘴巴，以及棉花棒般細的小手手小腳腳，背上還背了個小背囊。他朝小嵐行了個禮，說：「小姐姐，波波謝謝你的認同！」

小嵐和曉晴曉星都被這突然出現的小傢伙嚇了一跳，小嵐問道：「你是誰？」

小東西點了點自己的鼻子，很驕傲地說：「我是尋寶商店的老闆，人稱『上下五千年宇宙無敵引領購物新潮流波波小王子』，噢，如果你們覺得這名字長了點，叫我波波也行。」

曉晴眨眨大眼睛：「沒想到，還有比曉星還會吹牛皮的傢伙！你小小個，口氣卻大，上下五千年？宇宙？難道你能回到過去，穿越未來？還能到外星球去賣東西？」

「沒錯，我就是能！」波波胸膛一挺，很是神氣。

小嵐心裏一動。

她一直有個願望，想去一趟兩千多年前的那個秦

國，她想去找一個人，想證實一些事。

看過《公主傳奇》三十四集和三十六集的讀者肯定記得，因為想查證秦代神童甘羅長大後去了哪裏，小嵐和曉晴曉星去國家文史館查找中國歷史，無意中見到了一幅甘羅畫像，那甘羅的樣貌竟然跟小嵐極為相似，令到小嵐生了疑：是否當年外星人把她和孿生哥哥帶走後，把她帶到了香港，而把她哥哥帶到了兩千多年前的秦國。後來，小嵐又從在中國咸陽市出土的一隻玉石小烏龜的殼上，看到了一個刻上去的「嵐」字，而秦代的咸陽市，正是甘羅出生及長大的地方。還有那無數次的夢境，幼小的她和一個樣貌和自己極像的小哥哥一塊兒玩耍，看圖畫書……

自那時候起，小嵐就一直想證實，甘羅是不是她那嬰兒時就被迫分開的孿生哥哥，想知道他過得好不好……

本來，小嵐可以利用時光機跑一趟的，但是那個時光機現在有點「消極怠工」。它已經有很長一段時間一直沒電了，曉星把它放到屋頂曬太陽，像往常那樣利用太陽能充電，但是不知道為什麼，電量總是顯示電能未滿，能未滿電就無法使用。

「你真能回到過去？」小嵐對波波說，「那你能幫我去看望歷史上的一個人嗎？」

波波聽了小嵐的話，馬上說：「當然可以啊！你把名字及要去的年代寫下給我。」

雖然覺得這牛哄哄的小東西有點不靠譜，但小嵐還是想試一試。可是，還沒等到她找到紙筆，屋裏就出現了狀況。

曉星對波波背着的那個迷你小背囊很感興趣，他偷偷地伸手想去摸摸，波波很警覺地跳開了。但倒霉的是，這一後退，他卻掉進了一個張開着的大嘴巴。誰的嘴巴，笨笨的！

小豬笨笨昨天吃了一個芝士馬鈴薯，覺得味道好極了，這時見到身形有點像馬鈴薯的波波，以為是美食送上門來，便爬上了餐桌，張開大嘴想吃。沒想到，那美食自動自覺進了自己嘴巴。

「哎呀，快吐出來，快吐出來！」

「不能吃的！」

「笨笨快張開嘴！」

餐廳裏頓時響起一片驚叫聲。

笨笨嚇了一跳，吃個馬鈴薯而已，主人們怎麼反應這麼大？到嘴的美食要我吐出來，不行！

看着笨笨護食的樣子，小嵐急中生智，拿起桌上一個胡椒瓶，朝笨笨的鼻子一揚，笨笨馬上張開大嘴打了個驚天動地的噴嚏，乞嗤！一個小圓球被噴了出來，「嗖」地一聲衝上了半空，轉眼就沒了蹤影。

啊！三人一豬看着小圓球消失的地方，都愣了。

第二章

老虎你想說什麼

兩千多年前，同樣的大清早。

甘羅今天不用進宮，所以正在睡懶覺，他小嘴一呼一呼地打着小呼嚕，作着小甜夢。夢中，他看到了一個有眼睛鼻子嘴巴的小圓球，小圓球有小手手小腳腳，還背着個小背囊，「嗖」一聲飛進了屋子，然後……

沒有然後了，因為屋外的狗狗「嗷嗷」兩聲，把甘羅驚醒了。

甘羅睜開眼睛，還惦記着剛才的夢，還想着那個古怪的小圓球。他一骨碌爬起來，下了牀，東找西找，拉開櫃子找，又鑽進牀底找，但都沒找到。

大豬看着甘羅忙忙碌碌地找呀找，不知道他在找什麼，便「汪」了一聲表示疑問，甘羅瞪了牠一眼，說：「都是你不好，大清早叫什麼叫，把那好玩的小圓球嚇跑了。」

汪，汪！大豬繼續保持疑惑。

「羅兒，早飯做好了，快洗洗臉來吃飯。」外面傳來姨母的聲音。

「好的，姨母！」甘羅應道。

甘羅吃好早飯，跟姨母說了再見，就背着小書包出門了。每天，小桂子都是在同一時間來接甘羅，所以現在都不用小桂子叫門了，時間到了甘羅就自己蹦蹦跳跳地跑出去大門口。

果然，一輛熟悉的馬車「碌碌碌」地來到了，坐在前面駕駛的人「吁」的一聲喊停了拉車的那匹小紅馬。

甘羅說了一聲「早」，然後便自個兒爬上了馬車。等甘羅坐好，馬車又「碌碌碌」地走起來了。

甘羅把小書包放在一邊，正想跟駕車的小桂子說話，但他一抬頭就愣住了：咦，怎麼今天不是小桂子來接自己。

甘羅覺得那車夫有點臉熟，想了想，記得他叫小桉子，便問：「桂子哥今天怎麼沒來？」

小桉子目光有點閃躲，他低着頭說：「小桂子臨時有些事，讓我代他來接你。」

甘羅「哦」了一聲，也沒多想。他看着沿途的風景，又像往常那樣高高興興地唱起歌來了：「小呀小兒郎，背着那書包上學堂，不怕太陽曬也不怕那風雨狂，只怕先生罵我懶呀，沒有學問無臉見爹娘……」

唱着唱着馬車已經進了王宮，甘羅往馬車外一看，咦，怎麼不是去讀書的文華殿，他趕緊說：「小桉子，你走錯路了，這條路不是去文華殿的。」

小桉子頭也不回，說：「政公子不在文華殿。早兩天鄭國送了他一隻大貓，他在貓房那裏餵大貓呢！」

甘羅一聽很高興：「啊，大貓？政哥哥竟然有隻大貓，那太好玩了！小桉子，你現在是送我去貓房嗎？」

小桉子「嗯」了一聲。

「真好真好，有大貓玩囉！」甘羅使勁拍起手來。

小甘羅很高興，所以他沒發現路旁一棵大樹後面躲着一個人。那人他看着載着甘羅的馬車，陰沉的臉上露出冷笑，鼻子「哼」了一聲，自言自語地說：「臭小子，等會兒你就笑不出來了。我就喜歡看你嚇得屁滾尿流的樣子！」

馬車七拐八拐的走了很長的路，走到一個很偏僻的地方。這裏離其他宮殿房屋都遠遠的，只有一大片樹林，樹林中有一座石屋。

石屋的大門敞開，馬車在大門前面停下，小桉子說：「到了。你從那大門進去，就會看到政公子。」

「好！」甘羅應了一聲，利索地跳下車，蹦跳着跑進了石屋，邊跑邊喊：「政哥哥，政哥哥！」

沒有人回應。甘羅站住一看，屋子裏一個人也沒有。政哥哥呢？

他回頭想問問小桉子，但發覺身後的那道大門已經關上了。

怎麼回事？甘羅有點莫名其妙。他打量了一下石屋，裏面空蕩蕩的，什麼也沒有。他發現了石屋裏還有另外一道門，那是一道用粗大的鐵枝焊接成的鐵柵門。他走近鐵柵門，從鐵枝的間隙裏，見到外面是一處很寬敞的用圍牆圍起來的空地。

甘羅的眼睛一亮，他見到空地上，趴着一隻毛絨絨的動物。

這就是政哥哥養的大貓？甘羅睜大了眼睛，這隻貓，也太大了吧！

甘羅正在疑惑地打量着，這時見到大貓動了一下，然後慢慢地站了起來。甘羅登時倒退幾步，一雙眼睛睜得滾圓。

「大貓」的皮毛是金黃色的，上面有着深褐色的條紋，牠好像察覺到了甘羅的存在，一轉頭望了過來，兩隻像探照燈一樣發光的眼睛盯住甘羅，把甘羅嚇得打了個冷顫。

什麼大貓，這分明是一隻老虎啊！！

「砰、砰、砰」，老虎向甘羅走過來了，好可怕好可怕！甘羅嚇得小心肝噗噗直跳，本能地轉身就跑，他跑向進來時的那道木門，他要馬上打開門逃跑。

哎呀，大門怎麼拉不開？甘羅手忙腳亂弄了一會兒，終於弄明白，門從外面被人反鎖了。

甘羅突然意識到，自己被小桉子騙了。什麼政哥哥在這裏餵大貓，根本就沒這回事！他是故意把自己引到這裏，然後把大門反鎖了的。小桉子，你這個大壞蛋！

小桉子跟自己無冤無仇，為什麼要害自己呢？甘羅怎麼也想不明白。

「嗷嗚」一聲虎吼，把沉思中的甘羅嚇了一跳，他一回頭，哇哇哇，老虎已經走到那道鐵柵門前了，牠整個站了起來，用前爪抓住鐵枝。

甘羅身體抵在大門上，心裏噗噗亂跳。天哪，老虎站起來好高，簡直有幾個甘羅那麼高。

「嗷嗚～～」老虎張開大嘴叫着，把一隻前爪從鐵枝的縫隙間伸了進來。

牠想抓自己嗎？甘羅害怕地大聲喊着：「你別過來，別過來！」

「嗷嗚、嗷嗚～～」老虎繼續喊着。

牠把另一隻前爪也伸進來了，向前一抓一抓的，一邊抓一邊喊着。

甘羅睜大眼睛，死死地看着老虎，生怕牠把鐵枝扭斷了，跑了進來，那時候他就沒地方逃了。看着看着，他忽然覺得那老虎的動作有點怪，就像他在一些店舖門口見過的招財貓一樣。

招財貓是招財，這老虎在招什麼？難道牠要招自己過去給牠吃？

甘羅怕極了，他想說服老虎，讓牠放棄這個可怕的想法，便誠懇地對老虎說：「你別招我，我不好吃的，我出了一身汗，臭臭的，味道肯定不好。」

「嗷嗚，嗷嗚～～」老虎繼續叫。

「我這麼小小個，還不夠你塞牙縫呢！我等會兒叫政哥哥送些肉給你，大塊大塊的、香香的，讓你吃個夠，好不好？」

「嗷嗚，嗷嗚～～」老虎還是不停地叫，看樣子牠聽不懂甘羅的話。

「哎呀，真是一隻笨老虎！」甘羅一頓腳。

他家的狗狗大豬可聰明了，能聽懂他說話的意思。可是甘羅不知道，他是因為跟大豬相處久了，已經心靈相通了。而他跟老虎只是初次見面，老虎又怎麼知道他想說什麼呢！

「哎呀，我不知道你在喊什麼，你也不知道我說什麼。急死人了！唉，怎樣才可以跟這笨老虎溝通，說服牠不要吃我呢？」甘羅不知如何是好，情急之下喊了起來，「政哥哥，快來救我！政哥哥，政哥哥……」

「誰喊我？」突然，背後響起一把聲音。

甘羅一愣，難道政哥哥來了？不對，政哥哥的聲音不是這樣的。他回頭一看，頓時嚇了一跳。

第三章

聽錯也是一種緣分

甘羅究竟看見了什麼？原來他見到了一個有眼睛鼻子和嘴巴的小圓球，在半空中一上一下晃動着。

咦，這不是早上出現在自己夢裏的那小圓球嗎？在夢裏不見了，沒想到卻突然出現在這裏。

甘羅正在詫異，卻見到那小圓球又再問：「小屁孩，是你喊我嗎？」

甘羅眨眨眼睛，說：「我沒喊你呀！」

小圓球很肯定地說：「你就是喊我，我明明聽見你喊波波的，我就是波波呀！」

甘羅搖搖頭，說：「你聽錯了，我是喊哥哥，不是波波。」

沒錯，這小圓球就是波波，他被笨笨豬一個大噴嚏噴得無法控制身體，好不容易才慢慢停了下來。忽然聽到有人喊他名字，還以為是有生意到了，沒想到是自己自作多情，並沒有人喊他。好吧，不來白不來，就憑自己三寸不爛之舌，說法這小屁孩買點東西。

「小屁孩，聽錯也是一種緣分呢！」波波朝甘羅擠了擠眼睛，小嘴巴滔滔不絕介紹起自己來，「我是『尋寶商店』的老闆，人稱『上下五千年宇宙無敵引領購物新潮流波波小王子』，簡稱波波。尋寶商店貨品豐富，可以一下子滿足你的所有購物願望，絕對是購物黨的摯愛。有很多特別的商品喲，你想要買什麼，請「吱」一聲！

「吱」一聲？我又不是小老鼠！甘羅不高興這個什麼鬼波波叫他小屁孩，也不高與讓他學小老鼠吱一聲，因此用不滿的口氣說：「我想買能跟動物溝通的本領，你有嗎？」

小波波說：「哈哈，小屁孩你太幸運了！『語言小靈通』，全世界獨一無二的溝通小能手，優惠價兩千錢，運費全免，即時到貨。」

「還真有啊！」甘羅睜大了眼睛，但聽到要兩千錢，又洩氣了，「可是，我沒有錢。」

波波說：「沒有錢不要緊，波波我最慷慨了，貨品先給你，十天內付款也可以。」

甘羅苦着臉，這麼貴，別說十天，即使給自己二十天，也沒法掙到兩千錢啊！雖然自己當侍讀每個月有俸祿，但那是自己跟姨母的生活費，如果買了別的東西，就沒飯吃了。我不可以讓姨母餓肚子的。

嗷嗷嗷嗷！這時老虎喊得更大聲了，還不住用身體去撞鐵門，鐵柵門被牠撞得砰砰作響，好像快要撞飛的樣子。

甘羅急得像熱鍋上的螞蟻：「哎呀，別撞好不好，求你了！」

「嗷嗚……」回答他的是更猛烈的撞門聲。

甘羅眼睛發直了，天啊，那鐵門上的鐵枝竟然被老虎拗彎了一根……

不能再有僥倖心理了！甘羅心一橫，朝波波伸出小手，喊道：「我買，我買一個語言小靈通，快給我！」

「好的，語言小靈通，盛惠兩千錢。」波波說着反手往背囊一掏，好像抓了什麼出來，然後朝甘羅一扔，說，「給你，快收！」

一道白光「嗖」地飛向甘羅，然後不見了。

甘羅有點莫名其妙地看着自己的手，東西呢？

「記住，天機不可洩露，如果讓別人知道你擁有語言小靈通，你就會成一隻小蚊子。」波波對甘羅說，又揮了揮手，「交易完成，十天內給錢哦！」

波波說完一扭身子，不見了。

甘羅看着空空如也的手，喊道：「喂喂喂，別走！東西呢？」

但哪裏還有波波的身影。

正當甘羅覺得自己又一次受騙，小心靈深受傷害的時候，突然，他愣住了，因為，他發現自己聽到了老虎說話：「幫我，幫我！」

他震驚地看向老虎，脫口說道：「是你在說『幫我』嗎？」

老虎不住地點頭：「是，是！」

甘羅不由大喜，波波沒騙我，我真的能跟老虎交流了！

老虎拚命把一隻前爪往屋裏伸：「是的，請你幫幫忙，我的小手手好痛，痛死我了！」

原來老虎把手伸進來不是要抓我，是讓我看看牠的

手！甘羅明白之後，毫不猶豫地走向鐵門，歪着頭仔細瞧着老虎的爪子。啊，怪不得老虎發狂，原來牠的爪子上竟然扎了一根木刺！

「哎呀，太可憐了！」甘羅不由得喊了起來，被木刺扎在手上，該有多痛啊！

善良的甘羅一時忘了老虎是會吃人的，他走上前，一手拉着老虎的爪子，細細端詳着，看看怎麼把木刺拔出來，而又不讓老虎覺得太痛。

看來木刺還扎得挺深的。甘羅對老虎說：「我替你拔刺，會有點痛哦，你要忍忍，拔出來就不痛了。」

老虎點點頭，說：「好的，你快拔，快拔，我受不了啦！」

「那我拔了，一、二、三！」甘羅用小手指捏住木刺，說到三字時，使勁往上一拔。「噗」的一聲，拔出來了。

「嗚哇！」老虎痛得大喊一聲，腿一軟，跌坐到地上。

甘羅也被老虎的叫聲嚇了一跳，整個人一屁股跌坐下去，害怕地看着老虎。

老虎甩了甩手，說：「咦，不痛了，不痛了，哈哈哈，太好了太好了！謝謝小郎君哥哥！」

「不用謝，你沒事就好。」甘羅仍心有餘悸。

老虎委屈地說：「我已經痛了兩天了，每次有人來，我都叫他們幫忙給我拔刺，但他們誰也不肯幫我，全都慌慌張張跑掉了。」

「別怪他們。他們不是不肯幫你，而是聽不明白你的話，不知道你發生了什麼事。」甘羅聽到後，急忙解釋着，他不想在老虎心裏留下陰影，覺得自己被人拋棄。

「不過，我還是覺得人類壞壞的。我本來跟爸爸媽媽生活在大山裏，一家子很幸福。不幸的是，有一天我突然掉進了獵人布下的陷阱，然後被抓住，後來又被送來了這裏，我好想爸爸媽媽，好想好想。我才一歲呢，我還是個寶寶呀，就這樣被迫離開爸爸媽媽了，嗚嗚嗚……」老虎突然哭了起來。

「哦，不哭不哭！」甘羅聽了老虎的話，覺得很心疼。

才一歲，比自己小很多呢，這麼小就跟父母分開，真可憐！

甘羅已經忘了害怕，他伸出手，輕輕地撫摸着小老虎的腦袋，希望給他一些温暖。小老虎趴在鐵門邊，用腦袋去拱着甘羅的小手，這時候的樣子，真的很像一隻温順的貓。

第四章

世界上真有乖老虎

一個小孩，一隻小老虎，隔着鐵門，友好又溫馨。不過，這溫馨場面很快就讓一聲驚叫給破壞了。

「啊！」

小孩和小老虎都被嚇了一跳，都動作一致地抬頭望向聲音發出的地方。甘羅看到了小桂子，他一手提着一個木桶，另一隻手拿着個竹子做的鉗子，臉上表情驚駭莫名，嘴巴張得大大的看着那一人一虎。

「桂子哥，怎麼啦！」甘羅忘了自己剛見到小老虎時的驚慌。

小桂子這時才合上嘴巴，他把木桶一放，跑過去一把扯起甘羅，就把他拉離了鐵門邊，站在離小老虎遠點的地方。

「甘侍讀，你瘋了，怎麼跑到這裏來了！」小桂子衝着甘羅喊道。

甘羅知道小桂子是好心，他是怕小老虎傷害自己，於是笑嘻嘻地安慰說：「不怕不怕，這隻小老虎很老實的。」

小桂子瞪大眼睛：「老實？你知不知道，自從幾天前，楚國把牠送來這裏，牠就一直兇得很，牠衝每個走近的人張牙舞爪的，大聲吼叫，嚇得沒有人敢來餵牠。」

甘羅擺擺手說：「不是的，你們冤枉牠了……」

甘羅剛要說小老虎是因為腳腳痛才顯得這樣暴躁，但想想又忍住了。波波說過，自己掌握這項技能的事不能讓別人知道，否則會變成蚊子。

他才不要變成令人討厭的蚊子呢！

「是真的，這事我們司禮監的人都知道，所以大家平日都不敢走近這裏，生怕老虎掙脫了跑出來咬人。大家都不願意來餵飼老虎，所以用抽簽方式決定，每天大家都參加抽簽，誰抽中了，那天就負責餵老虎。今天本來是趙高抽中的，但他說要替政公子辦事，硬把這事塞給我了。」小桂子有點忿忿不平，「趙高分明是看我好欺負嘛！他這人一向喜歡欺軟怕硬。」

小桂子說到這裏，突然「咦」了一聲，說：「甘侍讀，你今天不是要遲些才進宮嗎？我還打算餵完老虎就去接你，你怎麼自己跑來了？今天一早，大王就派人來找政公子，讓他去陪大王接見外國使團，所以要晚些上學。我還聽到政公子跟趙高說，讓他派人去你家告訴你呢！」

甘羅聽了，眼睛瞪得大大的：「沒人告訴我晚些來呀！今天一大早，小桉子就來接我進宮了，他說你今天有事，叫他來接我。」

「小桉子？就是趙桉，那個趙高的同鄉嗎？」小桂子一臉愕然：我什麼時候叫他去接你了？

聰明的甘羅已經很確定，自己今天被人算計了。有人故意把自己帶來老虎屋，還把門反鎖，讓老虎嚇唬自己，甚至傷害自己。

自己根本不認識小桉子，無緣無故小桉子也不會這樣害自己。甘羅眼前浮現出一張眼神很可怕的、陰沉沉的臉。

趙高！

是他，一定是他讓小桉子這樣做的。

這人真壞，自己這麼又聰明又乖、人見人愛花見花開的可愛小郎，他竟然都要加害！看來「指鹿為馬」的故事是真的了，這個人日後會是秦國的一個大禍害。可是，政哥哥卻很信任他呢！真令人擔心。

甘羅皺起了小眉頭。

小桂子氣呼呼的說：「我回頭就找小桉子算帳，他竟然說謊，還把你帶到這可怕的老虎屋，是何居心！我餵完老虎，就去找他算帳！」

小桂子說完，提起了木桶，慢慢地躡手躡腳向小老虎走去。看他那樣子，好像怕動作大了會讓老虎不滿似的。

突然，小老虎「嗷嗚」叫了起來，又用爪子「嘭嘭嘭」拍着鐵門，小桂子嚇得驚叫一聲，扭頭就往回走。

甘羅早就聽到了小老虎的話，其實牠在對小桂子說：「好餓好餓。別慢吞吞的，快點把食物給我！」

他拍拍小桂子，說：「桂子哥不用怕，小老虎只是肚子餓了，讓你趕快給牠食物。」

「你怎麼知道？說不定我一走近，牠就用爪子撓我呢！」小桂子看着還在大聲叫嚷的小老虎，一臉恐懼。

甘羅只好說：「這樣吧，你把東西提到門邊，我來餵牠。」

「不好不好，牠撓你怎麼辦。」小桂子把腦袋搖得像撥浪鼓似的，己所不欲，勿加於人啊！

「唉呀，你怎麼不信我，牠很乖的。」甘羅很無奈。

「乖？」小桂子實在無法把「乖」字跟老虎聯繫起來。

「唉，我來吧！」甘羅小大人似地歎了口氣，自己走到木桶旁邊，伸手去提。

可是，他憋得臉都紅了，都沒能提起木桶。好重！他只好使勁把木桶往鐵門那邊推。可是木桶紋絲不動。

小桂子見到甘羅這樣，覺得很不好意思。難道自己一個小伙子，連小孩子都不如嗎？豁出去了！

小桂子重新提起木桶，又捏了捏拳頭，像個視死如歸上戰場的勇士一樣，朝鐵門走去。

甘羅聽到小老虎在歡叫：「嗷嗷嗷，有東西吃了！」

但聽到小桂子耳朵裏，又是一聲聲可怕的老虎吼聲，他嚇得兩手一軟，「砰」、「啪」兩聲，木桶和鉗子都落到了地上，而他自己就掉頭往回跑，站在甘羅身旁瑟瑟發抖。

甘羅拍拍小桂子的背以表示安撫，然後走過去撿起鉗子，從桶裏夾起一塊肉，從鐵門的兩根鐵枝中間伸出去，放在地上的一個瓦盆裏。

「嗷嗚……」小老虎說了聲謝謝，然後一口叼起了那塊肉，「叭嗒叭嗒」咀嚼起來。

甘羅不斷地把桶裏的肉夾起，放到鐵門外的瓦盆裏，但是，好像他夾肉的速度還不如小老虎吃肉的速度快呢！

「咳咳咳……」突然，小老虎好像噎了一下，咳了起來。

甘羅趕緊伸手去拍牠的背，一邊拍一邊說：「咱們不急，慢慢吃哦。」

「噢。」小老虎用腦袋拱了拱甘羅的手，答應了一聲，然後放慢了吃東西的速度。

甘羅跟小老虎的互動，讓小桂子看呆了。原來甘羅說的是真的，小老虎不但不咬人，還很聽話呢！

小桂子膽子也大起來了，他走過去，接過甘羅手裏的鉗子，繼續給小老虎夾肉。小老虎朝他點了點頭，輕輕地叫了一聲。

小老虎對小桂子說了聲「謝謝」呢，不過小桂子當然不知道。因為不懂動物語言的人，不管小老虎說什麼，都只能聽到「嗷嗚」兩個音。

小老虎吃飽以後，趴在鐵門邊上，眼睛一瞇一瞇地有點想睡了。牠這兩天因為腳腳痛，不但沒心緒吃飯，連覺也睡不安穩。現在腳不痛了，肚子也不餓了，所以瞌睡也來了。

甘羅伸手在小老虎的背上輕輕拍着，他記得自己小時候，姨母也是這樣溫柔地拍着自己的背，讓自己入睡的。

果然，小老虎很快睡着了，還打着呼嚕。甘羅摸摸牠的腦袋，小聲說：「睡吧，睡吧。我會常常來看你的。」

第五章

在趙高頭上拉臭臭

甘羅離開老虎屋，就急忙跑去找嬴政。他要告訴政哥哥被人關進老虎屋這件事，還要說出自己的猜測，一定要讓政哥哥查清楚這件事。如果真是趙高有意害自己，就要讓他在政哥哥面前原形畢露，讓政哥哥知道趙高是個壞蛋。

甘羅剛走，距離老虎屋五、六米外的一棵大樹後面，一人閃出來，他看着甘羅的背影，咬牙切齒地說：「這臭小子怎麼還活蹦亂跳的？真可惜！怎麼老虎沒把他嚇暈了，嚇傻了！」

甘羅跑到文華殿時，政哥哥還沒有回來，甘羅只好坐在門口等。不一會兒，跑來了一個人，是小桂子。

小桂子臉色很不好，忿忿的，很生氣的樣子，他對甘羅說：「我剛才去找小桉子了，沒找到。聽說他剛剛辭了工，離開王宮了。他分明是做了壞事，做賊心虛，所以跑了。」

甘羅聽了一愣，小桉子走了？小桉子不在，就沒了人證，沒辦法證明是趙高背後搞的鬼。這個趙高，真是太狡猾了。

小桂子說：「甘侍讀，真不好意思啊！本來想找到小桉子，罵他一頓替你出氣的。」

甘羅心裏很感激小桂子對自己的維護，說：「謝謝你，桂子哥。」

「不用謝。以後讓我碰到那個傢伙，看我不把他狠狠揍一頓。」小桂子又對甘羅說，「甘侍讀，那我去幹活了。」

小桂子離開後，不一會兒，嬴政就回來了。

遠遠見到甘羅兩手托腮坐在門口，嬴政臉上馬上露出開心的笑容，他快步走過來，對甘羅說：「怎麼不進裏面。」

甘羅已經站了起來，笑嘻嘻地說：「我想早點見到政哥哥嘛。」

嬴政拉着甘羅的小手，牽着他走進文華殿裏。不知為什麼，每次見到這小傢伙，他心裏都感到很溫暖。

「等了很久嗎？我不是讓你晚些才過來嗎？怎麼這麼早就來了。」嬴政拉着甘羅坐下來，又說，「接見還沒完，我抽空出來一下，馬上還得回去。」

「政哥哥，有人欺負我。」甘羅嘟着嘴，委屈地把上午發生的事跟嬴政說了。

「啊，竟然有這樣的事！」嬴政急忙把甘羅拉到身邊，上下打量了一番，見他沒有被老虎抓到，好像也沒有被嚇到，才大大鬆了一口氣，然後抬起頭，怒氣沖沖地喊道，「趙高！趙高！」

趙高從大殿的後邊跑了上來，他低着頭，樣子恭順又小心：「政公子，您有什麼吩咐？」

嬴政使勁一拍案桌，說：「趙高，你怎麼做的！我不是讓你派人告訴甘羅，說我要跟父王接待外國來客，稍晚些才去接他過來上課。你怎麼讓那個小桉子一早把他接來了，那個小桉子還竟然把他關進了老虎屋！」

「啊！」趙高看樣子很吃驚，然後露出很無辜的樣子，他說，「公子，我不知道小桉子會這樣做！我明明叫小桉子去告訴甘侍讀，說公子您讓他在家裏等着，我們晚些才去接他來。一定是小桉子弄錯了。」

甘羅盯着趙高看，心裏「哼」了一聲，你怎麼不去演戲，好會裝啊！

可惜政哥哥偏偏信任他。

嬴政大聲説：「把小桉子叫來，看我不揍他一頓！」

趙高有點為難地説：「公子，小桉子他，他一個時辰之前辭工走了。」

嬴政一聽大怒：「肯定是他想害甘羅，心裏有鬼，所以逃了。趕快派人去追，把他追回來！」

「是，政公子。我馬上去安排！」趙高應了一聲，轉身就跑了。

甘羅看着趙高背影，心想，你騙得了政哥哥，可騙不了我。小桉子就是你指使的，幕後黑手就是你。

「甘羅，你別擔心，我一定替你把小桉子抓回來，教訓他一頓，給你報仇。」嬴政咬牙切齒的，狠狠地捶了案桌一下，彷彿那張桌子是小桉子那個傢伙。

甘羅心裏暗暗歎了口氣，心想：小桉子肯定追不回來了，趙高肯定已經安排他遠走高飛了。

不過，跑得了和尚跑不了廟，趙高這個罪魁禍首，一定不可以放過。

這時候有人來了，是秦莊襄王派人來找嬴政的。

嬴政對甘羅說：「我先回去陪客人，很快回來。你先自個兒在這裏玩，或者練練書法。」

「哦。」甘羅乖乖地應了一聲。

嬴政滿意地點點頭，匆匆走了。

甘羅乖乖地坐在案桌前，開始練起書法來。甘羅的字寫得很好，連秦莊襄王和呂丞相都稱讚過。但甘羅從不驕傲自滿，每天仍然練習寫字，寫得小手腕發痠都不叫苦。

寫呀寫呀，寫了半個時辰，還不見嬴政回來，甘羅放下筆，甩了甩小手，決定出去散散步。順便考慮一下，怎樣教訓趙高這個壞東西。有仇不報非君子哦！

他一蹦一跳地向南湖跑去，看看湖裏的小鵝小鴨游泳，聽聽樹上的小鳥兒唱歌，說不定報仇大計就蹭蹭蹭地從腦海裏冒出來了。

很快來到湖邊，找了塊石頭坐下，看了看湖裏，沒見到小鵝、小鴨那些小傢伙，大概是躲到哪個蔭涼地方玩去了。

甘羅往後靠在了石頭旁邊的大樹上，安靜的環境，令他有點昏昏欲睡，他大眼睛一瞇一瞇的，快要睡着了。

突然，聽到頭上傳來小鳥的尖叫聲，「啾啾啾，啾啾啾，啾啾啾，痛死我了！啾啾啾，好痛好痛，爸爸媽媽，快救救我！」

甘羅頓時沒了睡意，他抬起頭，見到兩隻鳥撲着翅膀飛來了，落在樹上。

「媽媽來了！小黃黃，你怎麼啦？」鳥媽媽着急地問。

「啾啾啾，我的小爪爪，我的小爪爪不能動了？」小鳥哭着喊着。

「別哭，別哭，爸爸來看看！」鳥爸爸安慰着，「啊，小黃黃的爪子卡在樹椏裏了。」

「怎麼辦，哎呀，心痛死媽媽了！」鳥媽媽帶着哭腔說。

「糟糕，卡得很緊呢！」鳥爸爸焦急地用爪子去扒開樹枝，但以牠一隻鳥的力量，又怎麼能成功。

「啾啾啾，痛啊痛啊，我的小爪爪要斷掉了。」小鳥大哭起來。

甘羅實在忍不住了，他從石頭上站了起來，雙手抱住樹幹，拚命往上爬。他手短腳短，實在不是爬樹好手，只是一股救鳥的勇氣鼓舞着他，讓他終於爬到上面了。

當他從樹葉中冒出小腦袋時，鳥爸爸鳥媽媽都嚇壞了，天啦，難道那些常常禍害牠們的鳥蛋和小鳥兒的小人類又來了嗎？牠們如臨大敵，護在兒子前面。

甘羅見到牠們害怕的樣子，笑着説：「不怕不怕，我不是壞人。我是來幫你們的。」

啊，這個小人類會講我們的話！鳥爸爸鳥媽媽激動得快瘋了，牠們還第一次聽見有人類説鳥語，而且，這小人類還説是來幫牠們的。

會説鳥語的小人類一定是好人類！鳥爸爸鳥媽媽一下子就對甘羅信任起來，牠們趕緊閃過一邊，露出後面一隻黃羽毛的小鳥。

小黃黃之前見到冒出一個小人類，嚇得連痛痛都忘記了，這時才記起，馬上又張開小嘴哭了起來：「小爪爪要斷了，要斷了！」

「別哭，我來救你！」甘羅穩住身體，看向小鳥站的地方，細心地撥開樹枝，見到小鳥的黃色小爪子，被卡在兩根粗粗的樹枝中間，皮都破了，怪不得牠哭得那麼慘。

甘羅伸出手，使勁掰斷夾住小爪子的樹枝，隨着「啪啪」兩聲，小鳥的小爪子拔出來了。小鳥的哭聲嘎然而止，因為牠發現自己的小爪子不痛了。

「謝謝小哥哥！」小鳥眼裏還含着淚珠，但已經綻開了笑容。

鳥爸爸鳥媽媽也一個勁地向甘羅道謝。

「不用謝不用謝！」甘羅幫助了小鳥，就又抱着樹幹，「吱溜」一聲回到了地面。

這時，有一把陰陽怪氣的聲音在身後響起：「臭小子，真可惜，老虎竟然沒把你嚇死，算你走運！」

甘羅回頭一看，原來是趙高。

甘羅簡直氣壞了，他說：「你這個壞蛋！我跟你無冤無仇，為什麼害我，為什麼讓小桉子把我騙到老虎屋！」

「哼，我就看你不順眼！就想看你倒霉！看你滾出王宮，從此不在公子面前出現！」趙高惡狠狠地說。

「你你你你……」甘羅那個氣啊，他捏着小拳拳，就要向趙高衝去，要跟他決一死戰。

「來呀來呀，臭小子，我一根指頭就可以捏死你！」趙高奸笑着。

甘羅看看自己瘦瘦的小胳膊，愣了。是呀，跟趙高打架，自己一點勝算都沒有呢！

趙高見到甘羅的樣子，得意地仰臉大笑：「哈哈哈哈哈……」

突然，從樹上掉下什麼東西，「啪」的一下，正好落到趙高嘴裏，趙高的笑聲突然中斷，氣急敗壞地把東西往外吐：「呸呸呸，什麼東西，好臭！嘔……」

樹上飛出一隻小黃鳥，他拍着小翅膀說：「哈哈哈，那是我的臭臭粑粑，專門治大壞蛋的。哼，誰叫你欺負小哥哥！」

趙高不知道小黃黃說什麼，但也猜到那臭臭的鳥屎是小黃黃拉到他嘴裏的，便跳着腳罵道：「死鳥，臭鳥……」

這時，鳥爸爸鳥媽媽也來幫忙了，牠們飛上天空，

喊來了一大幫親朋好友。一大羣鳥兒在趙高頭上盤旋着，劈里啪啦地拉起臭臭來了。臭臭落到趙高的頭上、身上，他頓時變成了一個臭人。

「哇……」趙高大哭着，往王宮方向跑去了。一羣鳥兒鍥而不捨地緊緊追着。

「甘羅，我是不會放過你的！」趙高哭喊着。

「哈哈哈！」看着趙高的狼狽樣子，甘羅笑得肚子都痛了。

「謝謝小黃黃！」甘羅向在樹上蹦蹦跳跳的小黃鳥揮揮手，表達謝意。

「啾啾啾，啾啾啾，不用謝！」

第六章

波波來催債了

甘羅大仇得報，坐在南湖邊開心地唱起歌來。一羣小白鵝聽見了，都扭着小屁股、划着小紅掌游了過來，向甘羅叫着「鵝鵝鵝，哥哥哥」。

甘羅正開心地跟小白鵝互動着，沒想到「咻」的一下，一個小圓球突然出現在眼前。

「波波？」甘羅發現是那個導購小王子波波。

波波在甘羅面前上下跳動着，說：「嘿，小屁孩，我是來做售後調查的。想了解一下，你買的語言小靈通好用嗎？」

甘羅點點頭，說：「好用好用，謝謝你。」

波波說：「不用謝。反正是要收錢的。別忘了，十天內付款兩千。」

「啊！」甘羅一愣，瞪大眼睛看着波波。啊，自己怎麼把這事給忘了！

波波一看甘羅的樣子，說道：「小傢伙，你真的忘了？我得提醒你一下，十天不能還錢，就要用你的聰明來抵債的，那你就會變成笨蛋了。」

「不要不要！我不要變笨蛋！」甘羅大吃一驚。

變醜變矮都可以，就是不可以變笨，一點點也不行。甘羅可是要留着聰明的腦瓜當丞相，幫政哥哥治理天下的。

「不想變笨也可以，按時還錢就行！」波波興奮地一跳一跳的，好像在為自己有了拿捏小屁孩的理由而開心。

甘羅頓時苦着臉：「十天，從哪裏給找來兩千錢還你呀！」

「兩千錢？甘羅你欠了人家兩千錢嗎？我有我有，我馬上回去拿給你！」有一把聲音在甘羅身後響起。

甘羅不用看就知道是九素。除了她還有哪個傻瓜老是追着甘羅，要給他錢。

「你回來！」甘羅趕緊伸手揪住九素的衣領，把她拉住，「我早說了，我不要你的錢。我只要自己勞動得來的錢。」

「人家只不過想幫你嘛。是誰逼你還錢？我叫父王去揍他！」九素義憤填膺的，她四處張望着，想找到要甘羅還錢的人。但她什麼也沒看見。

當然了，只有甘羅才會看到波波，其他人都是看不到的。

「為什麼要揍人！我是真的欠了人家錢，欠錢當然要還了。」甘羅鬱悶地用兩手托着下巴，苦惱着，「唉，怎麼才能在十天裏掙到兩千錢呢？」

「好端端的，你怎麼要借錢？」九素感到奇怪。

「關你什麼事？不告訴你。」甘羅沒好氣地說。

也的確不能告訴別人，會變蚊子的。

「不告訴就不告訴！」九素其實是很好奇的。甘羅不是大手大腳亂花錢的小孩，做侍讀的錢夠養家了，為什麼還要問人借錢呢？難道……

九素只覺得心裏豁然開朗：甘羅借錢，莫非是打算用來娶小媳婦嗎？一定是。之前要他娶自己，他說沒有錢養，他現在去借錢，難道是想用來娶我九素？

「嘻嘻，嘻嘻！」九素捂着嘴，心裏樂開了花。

苦惱的甘羅看了看她，心裏挺莫名其妙的。這小魔女究竟在傻樂些什麼。

自以為猜透了甘羅小心思的九素，只覺得渾身都是力量，幫甘羅掙錢錢，也是幫自己呀！想啊想，使勁想，兩個小孩，可以怎樣去掙錢呢？

九素眼睛滴溜溜地轉着，突然看到了前面小樹林裏的幾棵棗樹，樹上已經長出一顆顆棗子，紅通通的，就像一個個掛在樹上的小燈籠。

「啊，有辦法！」九素眉頭一皺，計上心頭，她指着那幾棵棗樹，興奮地說，「我們把樹上的棗子摘下來，拿到市集上賣，不就有錢了嗎？」

甘羅抬頭看了看那些棗樹，然後沒好氣地瞪了九素一眼，還以為她有什麼好主意呢！

「這是王宮裏的東西，我們怎麼可以私自拿去賣。」甘羅說。

「怎麼不可以？我聽我家小丫環說過，趙高經常偷偷拿了棗子去賣，掙了不少錢呢！」九素說。

「趙高是壞人，我們好孩子不能跟他學！以後不許再說這樣的話，知道不？」甘羅神情十分嚴肅。

「知道了。」九素眨眨眼睛。

甘羅這樣子，好怕怕哦！這讓她想起了給她啟蒙的老師。小時候她可是很怕這位老師的。

「不賣棗子，那可以賣些什麼呢？」九素小聲嘀咕着，開始盤算起自己那些漂亮的首飾和衣服。或許可以拿去賣……

「啊，我想到了！」甘羅突然興奮地站了起來，他從九素的主意得到啟發，想起了之前去市集時見過的那些耍雜技的叔叔，「我可以去賣藝！」

「賣藝？」九素眼睛一亮，拍手說，「好啊好啊，賣藝好！甘羅你好聰明，咱們不用傷腦筋拿什麼東西去賣了！」

「咱們？」甘羅看了九素一眼，「我可沒想過跟你一塊去啊！」

這小魔女是一國小公主，帶她去賣藝給自己掙錢錢，讓她父王知道了，不打斷自己的小短腿才怪呢！

「啊，為什麼？為什麼不讓我跟着去！我會跳舞，會唱歌，我可以幫你掙多多的錢，讓你把欠的債還清。」九素感到很委屈。

「不用不用！」甘羅堅決地搖頭。

九素看着甘羅，眼睛蒙上了水氣，她「哇」的一聲哭了。

「不要哭！」甘羅皺着眉頭説。

九素哭得更大聲了。

「你別哭嘛……」甘羅嘟着嘴，不知所措。

早前地震，兩人是共過患難的小伙伴，甘羅對九素這個刁蠻任性的小魔女也有了一點點好感。不過，因為九素總想做他的小媳婦，這讓他很煩，所以不想跟她玩。他才不要小媳婦呢！

但甘羅畢竟是個很紳士的小郎君，他不能讓女孩子哭得這樣慘，他無奈地揮揮手，説：「好啦好啦，我帶你去賣藝就是。」

「真的！」九素臉上掛着眼淚，頓時笑開了花。

「咦……真難看！」甘羅指指她哭出來的鼻涕，「快擦擦，醜死了！」

「哦。」九素聽話的拿出小手帕擦臉。

兩人約好了明天早上在王宮門口會合，一塊兒去市集。

第七章

左扭扭右扭扭

第二天吃過早飯，甘羅就帶着狗狗大豬出發了。

自從當了侍讀之後，每天去王宮都有馬車接送，所以甘羅已經有一段時間沒跑步了。今天趁着要去王宮門口接九素，甘羅就帶着大豬跑起來。

大豬一副興高采烈的樣子，跑幾步就跳一下、「汪」一聲，渾身散發着「我真開心」、「我很幸福」的味道。

沒錯，從昨天晚上開始，大豬就成為了一隻幸運狗！因為，牠最愛最喜歡的小主人，竟然可以跟牠說話交流，這真是比天上掉下肉骨頭更美好的事啊！

小主人教了牠很多新本領，教牠數數，教牠做遊戲，教牠表演節目，因為沒有溝通上的困難，大豬學得很快，這讓牠覺得自己成了世界上最聰明的狗狗。

到了該睡覺的時候，大豬還不想睡，牠趴在小主人

的牀邊，嘮嘮叨叨的、沒完沒了的跟小主人説話，説牠新近認識了一隻叫做小白白的漂亮女朋友，説牠和隔壁大鵝阿花如何鬥智鬥勇，説牠在門口那棵大樹下發現了一個很大的螞蟻窩……直到小主人睏得小腦袋一點一點地打瞌睡，牠才意猶未盡地回自己窩裏睡覺。

今天一早，他就在門外把小主人叫醒了。小主人説今天帶牠去市集賣藝掙小錢錢呢！

兩個小伙伴一路説着話，很快來到宮門口，見到了另一個小伙伴九素。大豬向九素「汪汪」地叫了兩聲，甘羅翻譯説：「大豬跟你説，你早！」

九素滿臉懷疑：「你怎麼知道牠在説『你』呢？」

甘羅説：「我就是知道。」

九素皺了皺小鼻子：「騙人。牠分明只是叫了兩聲汪汪。」

甘羅也不解釋：「愛信不信，隨便！」

大豬給了九素一個鄙視的眼神，還是小主人厲害，懂得我們的話。

三個小伙伴向市集出發了。還沒走幾步，撲楞楞飛來了一隻小鳥，在甘羅面前繞着圈。甘羅一看，笑着說：「小黃黃，早啊！你怎麼獨個兒飛出來玩？」

小黃黃落到甘羅肩上：「啾啾啾啾，小哥哥，我要跟你去市集。」

甘羅一愣：「啊，你怎麼知道我要去市集？」

小黃黃說：「啾啾啾啾，你昨天在樹下跟小姐姐說的話，我都聽見了，我也要去幫你掙錢錢。」

甘羅很感動：「謝謝你，小黃黃！不過，你獨個兒跑出來，爸爸媽媽會擔心你的啊。」

「啾啾啾啾，不會的。我說跟小哥哥出去玩，他們就馬上答應了。」小黃黃說。

「那好，我們就一塊去。」

「啾啾啾啾，好啊好啊！」

甘羅的隊伍又多了個小伙伴，大豬朝小黃黃叫了兩聲：「汪汪！」

小黃黃也朝大豬叫了兩聲：「啾啾！」

牠們不用甘羅翻譯，自己已經在互相問好。大豬很高興，覺得這個小伙伴不像那個九素那麼笨。

九素不知道自己被一隻狗狗鄙視了，她只是在奇怪，怎麼會有一隻鳥站在甘羅的肩膀上，小腦袋東張西望的，一點不怕人。

四個小伙伴很快到了市集，但繞着走了一圈，也沒找到一個可以賣藝的位置。全都被各種賣菜、賣衣服、賣生活用具或者賣藝的人佔去了。

甘羅心中暗暗着急，難道今天要白走一趟？賣藝不成，上哪找來兩千錢啊！真是愁死了。

正在着急的時候，聽到一把熟悉的聲音：「走過路過不要錯過，快來看精彩表演呀！」

咦，這好像是上次見過的賣藝大叔的聲音呀！

甘羅四周看看，果然發現附近一個攤位有個濃眉大眼的大叔，正在朝觀眾拱手說話，在他旁邊，一個小伙子在表演頂碗。

甘羅跑了過去，他很捧場，小伙子表演一結束，他就拚命拍着手，大聲叫好，身旁的狗狗和小鳥也跟着「汪汪汪」、「啾啾啾」叫着。

大叔認得甘羅，甘羅上次幫了他大忙呢！大叔好心把撿到的錢包交回失主，沒想到黑心失主竟然誣陷他拿走了錢包裏的錢，要他賠。後來是甘羅用計，讓黑心失主的醜惡咀臉暴露在眾人面前，也證明了大叔的清白。

「甘小郎君，來市集玩嗎？」大叔笑着說。

「我……」甘羅眨了眨眼睛，不知怎麼回答。

自己不是來玩的，是來這裏掙錢還債的。但是他不想告訴大叔，因為大叔知道後，一定會提出把場地讓給他。甘羅可不想佔了大叔的地方，人家也要掙錢養家！

這時，旁邊的九素說：「大叔，我們是來賣藝的，只是找不到位置。你能借點地方給我們嗎？」

「九素！」甘羅制止九素說下去。

大叔一怔，說：「啊，甘小郎君你想來賣藝？」

大叔一直覺得甘羅是書香人家子弟，想不明白他為什麼要來賣藝。

九素掙脫了甘羅，繼續說：「怎麼不許我說！大叔，甘羅家很窮的，他借了人家錢，沒辦法還，所以想賣藝掙錢還債。」

「沒有沒有，大叔您別聽她的。」甘羅急得跺腳。又小聲對九素說，「大叔也要掙錢養家，我們不可以自私的。」

大叔見九素的樣子不像是瞎說，心裏早相信了，他對甘羅說：「甘小郎君，我本來也準備今天早點收攤的。不如就交給你表演吧！別浪費了這個位置。」

甘羅睜大眼睛：「真的嗎？大叔別騙我。」

「真的。我們的表演太舊了，也沒多少人看了，我們正在準備新節目。不過新節目要過兩天才能完善，才可以正式表演。」大叔說的理由很充分。

「那我就不客氣了，謝謝大叔！」甘羅想想就接受了大叔的好意。

九素見有地方賣藝了，便興奮地按着甘羅教她的吆喊起來了：「快來看呀快來看呀！天才狗狗和聰明小鳥表演，如果不好看不要錢……」

清脆響亮的童音，吸引了不少大人小孩圍過來。

「天才狗狗聰明小鳥？娘親我要看！」

「沒看過狗狗表演呢，咱們去看看！」

「狗狗和小鳥好有趣，哥哥，我想看表演！」

「哦，是兩個漂亮可愛的小郎君小姑娘，帶着狗狗和小鳥表演呢！」

一時間鬧嚷嚷的，把大叔賣藝的場地圍得水泄不通。

甘羅大大方方地大聲說：「各位爺爺奶奶叔叔嬸

嬸，各位哥哥姐姐弟弟妹妹，現在先由狗狗表演。我這狗狗叫大豬，牠是世界上最聰明的狗狗……」

「哈哈哈，真好玩，狗狗叫大豬！」人羣一陣哄笑，大家開心極了。

甘羅一點不怯場，他拿着一疊寫着數字的五顏六色小竹片，說：「下面我們大豬開始表演認數字。如果是一，牠就叫一聲；是二，就叫兩聲；是三，就叫三聲，如此類推。」

甘羅拿出其中一塊竹片，上面有個「二」字，他問道：「大豬，這是什麼數字？」

大豬看着竹片，叫了兩聲：「汪汪！」

「哇！」羣眾沸騰了，這狗狗真會認字啊！

甘羅又拿出一張竹片，上面寫着「五」字：「大豬，這是什麼數字？」

大豬看着竹片，叫了五聲：「汪汪汪汪汪！」

「神奇狗狗啊！太厲害了！」

「哇，這狗狗真的會認字啊！」

「爹爹，我也想要一隻會認字的狗狗！」

「真聰明……」

圍觀的人議論紛紛。狗狗大豬神氣地揚起腦袋，對，我就是你們說的一隻神奇的、聰明的狗狗。牠一連認了九個數字，無一錯誤。

「接下來，大豬先歇一歇，由小黃黃來給大家表演認顏色。」

甘羅是在來的路上才教小黃黃認顏色的，小黃黃十分聰明，很快學會了。甘羅把那些五顏六色的小竹片拿在手裏，說，「小黃黃，給我拿一塊黃色竹片。」

「啾啾！」小黃黃飛了起來，叼起一塊黃色竹片，放到甘羅的手上。「哇，牠真的拿了一片黃色的！」

「小鳥好聰明！」

甘羅又說：「小黃黃，給我拿一塊紅色紙竹片。」

「啾啾！」小黃黃又飛起來叼起一塊紅色竹片，放到甘羅的手上。接着，把甘羅手中五種顏色的竹片全都認出來了！

「小鳥真的會認顏色！」

「小鳥了不起！」

人們感到又驚訝又開心，都拍起手來。小黃黃興奮得飛上飛下，啾啾地叫着。

甘羅又説：「好了，我們一齊來欣賞大豬跳舞。」

小黃黃不樂意了，舉着小翅膀嚷嚷：「還有我！」

小黃黃並沒有練過跳舞。甘羅想了想，小黃黃這麼聰明，也許沒練過也可以呢！於是吩咐道：「那好吧！等會兒你就根據我唱歌的歌詞做動作。」

「知道！」小黃黃高興得拍着翅膀飛向狗狗，站在牠的腦袋上面。

「舞蹈表演現在開始。」甘羅説完就搖頭晃腦地唱起歌來，「左扭扭右扭扭，脖子扭扭屁股扭扭，抖抖右手抖抖左手，動動右腳動動左腳，眨眨眼睛張張嘴，小腳腳跳一跳呀跳兩跳……」

隨着甘羅的歌聲，觀眾們看到一隻小狗一本正經地做動作，左扭扭，右扭扭，扭脖子，扭小屁屁……又看到一隻小小鳥站在狗狗頭上，笨手笨腳但又十分認真十分可愛地做動作……

怎麼跳着跳着多了一個。是九素，她也忍不住加入了跳舞的隊伍，左扭扭，右扭扭，扭扭脖子，扭扭小屁屁……

「太精彩了！」

「妙！」

「好看！」

叫好聲此起彼伏，引來越來越多的觀眾，攤位前的竹籃子裏，扔的錢越來越多……

直到收攤的時候到了，大家才意猶未盡地離開。

「哇，我們掙了好多錢錢啊！差不多有四百錢了。」九素興奮地數着籃子裏的錢，笑得見牙不見眼。

甘羅把錢拿了一半，另一半留在籃子裏，拿給了大叔：「大叔，這錢我拿了一半，這一半給您。」

大叔一聽忙擺手：「不用不用！這是你賣藝的錢，不用給我。」

甘羅說：「要給要給。我佔用了你的地方，耽誤了您掙錢，所以我掙的錢應該給一半您。」

甘羅把籃子塞到大叔手裏，轉身就跑了，九素和大豬見了也跟着他跑。小黃黃也拍着雙翅飛走了。

大叔拎着籃子追了一會兒，但兩個孩子和一條狗很快隱沒在人羣中，沒影了。小鳥呢？飛得高高的也不見了。

「真是一個懂事乖巧的孩子！唉，怎麼可以要他的錢呢！下次見到了，一定要給回他。」大叔看着籃子裏的錢，眼裏閃着淚光。

四個小伙伴回家了，小鳥飛得快，一會兒就回了窩。媽媽問：「小黃黃，今天玩得開心嗎？」

小黃黃興奮地說：「開心極了！我學會了認顏色，我學會了跳舞，爸爸媽媽我表演給你們看！」

於是，小黃黃左扭扭，右扭扭，扭扭脖子，扭扭小屁屁……鳥窩裏充滿了笑聲。

九素回到王宮小院，嘴巴就沒停過。爸爸媽媽不在跟前，她只能跟小丫環講，講講她人生第一次掙到錢，講聰明的甘羅，講小狗大豬，講小鳥小黃黃……

大豬回家也跑到姨母跟前，興奮地講自己成為了世界上最聰明的狗狗，會數字，會跳舞。牠不知道自己講了也是白講，因為姨母聽到的只是「汪汪汪汪汪……」

甘羅回家後，就把錢倒在桌上數呀數，這次賣藝掙了一百九十錢，看來還債之路仍很漫長啊！甘羅暗暗對自己說：甘羅，你可以的，加油！

第八章

小老虎一定很想念牠的家

第二天，甘羅坐着小桂子趕的馬車去王宮，下了馬車，就被一個小姑娘攔住了，那是九素。

九素顯得興致勃勃的，說：「甘羅甘羅，咱們什麼時候再去市集唱歌跳舞呀？」

甘羅一聽忙噓了一聲：「小聲點！」

不能讓政哥哥知道自己欠債的事，因為政哥哥一向很關心自己，他一定會查根問底的，而波波的事又是一個不能說的秘密。

甘羅一再提醒九素別泄露賣藝的事，又說：「明天下午政哥哥要上專屬課，我不用陪讀。明天你在宮門口等我。」

「好！」九素興高采烈地走了。

上午放課後，嬴政跟甘羅說，帶他去看小老虎，甘羅一聽高興極了。其實，他心裏一直掛念着小老虎，早就想去看牠了。只是嬴政攔着，説已經叫人去修理那道鐵枝被拗彎了的鐵門，沒修好之前怕有危險，不許去。

「去看小老虎囉！」甘羅興高采烈的。

去到老虎屋前，見到一名內侍已等候在那裏，一見到他們兩人來到，便躬身行禮，然後掏出鑰匙，打開了大門。

甘羅三步並作兩步跑了進去，跑到鐵門前面。透過鐵枝，見到小老虎正趴在地上，一副無精打采的樣子。

「小老虎，我來看你了！」甘羅高興地嚷嚷着。

小老虎抬頭一看，馬上站了起來，「蹬蹬蹬」跑了過來，邊跑邊「嗷嗚嗷嗚」地叫着，那聲音飽含着委屈：「嗷嗚嗷嗚，小哥哥，我那天睡醒以後就找不到你了，你去了哪裏？」

「對不起對不起，是我不好！」甘羅把手從鐵枝中間伸了出去，想撫摸小老虎的腦袋。

「你瘋啦！」嬴政一見嚇壞了，急忙拉住甘羅往後退，「老虎會咬你的。」

甘羅笑着安慰嬴政説：「政哥哥，不怕不怕。小老虎跟我是朋友。」

甘羅笑嘻嘻的又再伸出手。

他動作太快，讓嬴政來不及阻撓，只能眼睜睜地看着他把手摸在小老虎的腦袋上面，這讓嬴政幾乎驚叫起來。但是接下來的情景卻讓他目瞪口呆——那可怕的老虎，竟然像一隻温順的小貓那樣，瞇着眼睛，把腦袋往甘羅的手掌心拱呀拱的。

「這這這這……」嬴政眼睛睜得銅鈴大，卻說不出一句完整的話來。

那邊一人一虎互動越來越温馨，嬴政受到感染，他竟然忘記了害怕，情不自禁地也伸出手去摸小老虎。

「嗷嗚！」沒想到，小老虎咆哮一聲，朝他張開了大口。

嬴政頓時清醒過來，嚇得倒退幾步。

甘羅急忙安撫小老虎：「不怕不怕。他是政哥哥，是我的好朋友。他是個好人，不會害你的。」

小老虎聽了，馬上安靜下來。

嬴政驚魂稍定，他說：「甘羅，牠好像能聽懂你的話似的。」

「嘻嘻嘻，因為牠是一隻聰明的小老虎嘛！」甘羅很得意。

甘羅問內侍要來了午餐，餵給小老虎，小老虎「巴唧巴唧」地吃得很歡。

甘羅也要去吃午飯了，要離開老虎屋了，小老虎很捨不得：「嗷嗚嗷嗚，小哥哥陪我，你別走！」

甘羅說：「我要去吃午飯了，吃完還要上學讀書呢，不能總是陪你的。」

小老虎很委屈：「那你要常來看我，好不好，我一隻小老虎好孤單寂寞的。」

甘羅點點頭：「我會常來的。不過，你要好好吃飯，好好睡覺，要乖哦！」

小老虎點點頭：「嗯嗯。」

甘羅走了幾步，回頭看時，見到小老虎像人那樣站了起來，兩隻前爪抓着鐵枝，眼睛眨呀眨的，像在努力忍着眼淚。但牠忍着，不哭。

甘羅一陣心酸，在回文華殿的路上一直都低着頭，默不作聲。嬴政看出他有心事，就問道：「甘羅，你怎麼啦？」

甘羅抽了一下鼻子，說：「小老虎好可憐。牠才一歲呢，就離開了父母，離開了牠的小伙伴，離開了牠生長的大山，來到這陌生的地方。」

「如果換了我，我會傷心死的。小老虎一定很想念牠的爹娘，想念牠的家。」甘羅有點黯然神傷，他抬起發紅的雙眼，看着嬴政，「政哥哥，求求你，把小老虎放走好嗎？」

嬴政一怔，不知道説什麼好。其實，他很喜歡這隻老虎。作為一個男孩子，能擁有一隻老虎，那是一件多麼威風，多麼值得驕傲的事啊！

可是，看着甘羅眼裏含着的淚水，他又心軟了，他點點頭説：「好，我答應你。」

「真的？政哥哥，你真好！」甘羅破涕為笑，他扯住嬴政的衣袖，「那我們馬上回去放了小老虎。」

嬴政拍了甘羅的小腦袋一下，説：「傻瓜，楚國離這裏那麼遠，我們放了小老虎，牠能找到路，能自己回到家嗎？」

甘羅摸了摸小腦袋：「嗯，政哥哥説得對。」

嬴政説：「我找人去楚國打聽一下，這老虎是在那座山上抓到的，然後，我派人把牠送回去。」

「好呀好呀，謝謝政哥哥！」甘羅笑出了兩個小酒窩。他拉着嬴政的手，晃呀晃的，又快快樂樂地唱起了那首他喜歡的歌。

「小呀小兒郎，背着那書包上學堂，不怕太陽曬也不怕那風雨狂，只怕先生罵我懶呀，沒有學問無臉見爹娘……」

甘羅突然停了嘴，不再唱下去。因為，他看到了前面假山旁邊，有些人在吵吵嚷嚷的，好像發生了什麼事。

嬴政也看到了。而且他發現那些人都是自己宮裏的內侍，他眉頭不由得一皺。

甘羅也認出了那些人，發現其中有小桂子，還有趙高。他們好像在爭執什麼。

趙高？甘羅心裏打了個愣，這個壞傢伙，每次見到他都沒好事。難道他在欺負小桂子？

嬴政走過去，大聲說：「發生什麼事了？宮廷重地，誰嚷你們在這裏吵吵鬧鬧的。」

那些人見到嬴政，都連忙彎腰行禮。趙高躬着腰、邁着小碎步走到嬴政跟前，稟報說：「公子，出事了。

小山子被打成重傷，剛剛被送去搶救了。你看，那就是小山子被襲擊後倒下的地方，血跡還沒乾呢！」

嬴政一看，地上果然有一攤血，頓時大怒：「誰那麼大膽，竟然在皇宮裏行兇！」

趙高扭轉身，指着站在一邊的小桂子：「就是他，就是小桂子！他打破了小山子的頭，令小山子重傷昏迷的。但是他死不承認。」

甘羅大吃一驚。小桂子行兇？怎麼會！

小桂子臉漲得通紅，他抬起頭，眼裏含着淚花，倔強地說：「我沒有，我沒有打小山子。」

趙高狠狠地盯着小桂子，說：「你還想抵賴！你看你手上、衣服上都有血跡，分明是打人時留下來的。」

小桂子喊道：「不是這樣的。我剛才路過這裏，見到小山子倒在地上，頭上流着血，我想救他，想把他送去太醫院。但他太重了，我背不起來，只好又把他放下了。我身上的這些血跡，是我嘗試把他背起來的時候沾上的。」

「你還想抵賴！」趙高哼了一聲，說，「天網恢恢，疏而不漏，你沒想到吧，有人親眼看見你行兇殺人。」

嬴政聽到這裏，說：「是誰親眼看見了？給我說說。」

趙高看了看站他旁邊的一個小個子內侍，說：「是小德子。」

嬴政轉眼看向小德子，問道：「小德子，你看到了什麼，如實說出來！」

小德子本來是低頭站着的，聽到這裏，他抬頭飛快地看了趙高一眼，然後畏畏縮縮地說：「啟稟公子。剛才我去洗衣房拿了洗好的衣物，準備送回公子卧房，走到半路時，我無意中往假山這邊看過來，見到小桂子和小山子在打架，然後又見到小山子倒在地上。我當時很害怕，也不敢過去看，拔腿就跑，半路碰到了趙高他們幾個，我就把看到的事情說了。」

趙高接着小山子的話，說：「我一聽，趕緊拉着他往假山這邊跑，我們來到時，小桂子正想逃跑呢！是我攔住了他，不讓他逃走。然後，我又叫人把小山子送去了太醫院。」

「你們胡說！根本沒有這樣的事。」小桂子眼睛瞪得大大的，臉上有驚愕，有憤怒。

趙高對嬴政說：「宮裏的人都知道，小德子為人老實，他絕不會胡編亂造的，我相信他。」

嬴政一向信任趙高，見到還有人證，於是對小桂子行兇一事深信不疑。這時，一隊接到報案的王宮侍衞趕了過來，為首的隊長向嬴政行了禮，站在一旁等候命令。

嬴政對侍衞隊長說：「把小桂子抓起來，嚴加審問，直到他供認為止！」

「是！」隊長應道。

他一揮手，一班手下如狼似虎，撲過去，按住小桂子。

「公子，不是這樣的，冤枉啊！」小桂子一邊掙扎，一邊大喊。

嬴政把手一揮，說：「帶走！」

第九章

誰是兇手

一班侍衞如狼似虎地押着小桂子，準備離開。

趙高看着小桂子的狼狽樣子，心裏樂開了花，他早就看小桂子不順眼了。一是因為小桂子跟甘羅關係很好，二是因為他想安排自己心腹接送甘羅，好在路上找機會除掉甘羅這個眼中釘，只是小桂子工作上如果沒有出什麼差錯，也不能無端端把他換掉。沒想到今天找到機會了。

這時，聽到有把稚嫩的聲音喊了一聲：「等等。」

大家一看，是甘羅。

剛才，甘羅一直站在嬴政旁邊不説話，只是皺着小眉頭，忽閃着大眼睛，聽着大家説話，還不時東張西望地觀察着周圍環境。

這時，他拉拉嬴政的袖子，説：「政哥哥，先別抓人，這件事有蹊蹺。」

「有蹊蹺？」嬴政一聽，忙舉起手做了個手勢，讓侍衛隊長暫不要把人帶走，然後又對甘羅説，「那你說説，蹊蹺在哪裏？」

甘羅説：「我覺得小德子的證詞有問題。」

「哦？那你把疑點説説看。」嬴政知道甘羅很聰明，相信他可能真的發現了問題。

甘羅看了看小德子，小德子目光有些躲閃；甘羅又看了看趙高，趙高也是低着頭的，但甘羅仍發現了他瞟過來的陰狠眼神。

甘羅心想：趙高你個大壞蛋，你以為自己可以一手遮天，想害誰就害誰，簡直癡心妄想！

小桂子哥，別害怕，我甘羅來救你！

甘羅兩隻小手放在背後，走到小德子跟前，仰起腦袋問道：「小德子，你説你從洗衣房拿着衣物出來，往政哥哥住的地方走去，走到半路時看到了小桂子行兇殺人。」

小德子點點頭：「是的。」

甘羅「嗯」了一聲，繼續説：「據我所知，由洗衣房去政哥哥住的地方，一共有三條路。正常來説，你會走南湖邊那條小路，因為那條路是最近的。如果走另外的兩條路，都要繞彎，時間長了差不多一倍。所以，你從洗衣房拿了衣物，是走南湖邊那條小路去政哥哥住的地方。對不對？」

小德子急忙點頭，說：「是呀是呀，我就是走那條路的。」

甘羅嘿嘿地笑了兩聲：「據我所知，走那條小路的時候，能看到假山的就只有一個地點，就是那個有棵歪脖子樹的地方。喏，就是那裏。」

眾人目光隨着他的小手指着的地方，果然看到了南湖，還有南湖邊那條路，以及那棵歪脖子樹。

甘羅問眾人：「我說得對不對？是不是只有那個地點，才能看到假山這裏。」

眾人即時轉了一圈，伸着脖子瞧來瞧去，想看看那條路還有沒有別的地方可以看到這裏，一會兒大家都點着頭，說：「的確是這樣。」

甘羅又「嗯」了一聲，又問小德子：「你是走過那個地點的時候，見到小桂子行兇的嗎？」

小德子這時已經有點意識到些什麼，他聲音有點顫抖，說：「是的。」

站在小德子旁邊的趙高，臉也開始變得煞白。

甘羅仰臉哈哈笑了兩聲，說：「那好，我問你，現在站在那棵歪脖子樹下的人是誰？」

在場的人都不約而同望向歪脖子樹那邊。很快，有人「啊」叫了一聲，開始恍然大悟；但仍有人一臉疑惑，也有人臉上漸漸帶上了怒氣。為什麼會有這樣的反應？因為，不管他們怎樣努力去看，都無法看清那個人的樣子，只能從服飾知道是個男的，而根本看不清臉容——距離太遠了！

所以，小德子說他在湖邊那條小路走過時，看見小山子和小桂子在假山這邊打架，是在說謊。因為他根本看不清面目，不會知道這兩人是誰。

嬴政氣得指着小德子：「你你你，狗膽包天，竟敢騙本公子！」

小德子嚇得腿一軟，「砰」一聲重重地跪倒在地上。猛向嬴政磕頭。

嬴政怒喝：「為什麼要說謊，說！」

「我、我可能看錯了，以為是……」小德子俯伏地上，渾身發抖。

趙高這時也怕極了。其實他碰到小德子時，小德子慌慌張張的，話也說不清楚，只是說假山那邊有兩個人在打架，其中一個人倒下了，他很害怕。他拉着小德子往假山跑過去，跑近時見到的是小山子倒卧地上，而小桂子站在小山子身旁。

趙高一見這個場面，心中一動，小桂子，我正想找個藉口找你麻煩呢，沒想到你主動送上門來了。這個機會可不能錯過。

他也不管小桂子是不是兇手，不是也要說他是。於是他小聲跟小德子說：「你剛才見到的，是小桂子把小山子打倒在地上吧，要老實說。如果找不到兇手，你也有嫌疑的。人家會說你殺了人，然後慌慌張張逃走了。」

小德子一聽大吃一驚。他本來就怕惹禍上身，聽到趙高這樣說，嚇得心臟怦怦怦亂跳，忙點頭說：「是，是。我見到小桂子把小山子打倒地上。」

趙高又再跟他強調一次：「你肯定？」

小德子冒出一頭冷汗：「肯定。」

趙高以為有小德子作人證，而小桂子又被當場抓住，身上還沾有血，殺人的罪名肯定跑不了。沒想到，甘羅利用距離遠根本看不清臉容的理由，指出了小德子話裏的破綻。

趙高心中懊惱，更怕小德子醒悟過來，說出是在他誘導下認定是小桂子行兇的，他低着頭，不敢吱聲。

這時，嬴政見下午上課時候已到，不想讓先生在文華殿等太久，便對侍衛隊長說：「把小德子抓起來，問他說謊的原因。這小桂子也暫時收押，畢竟他出現在案發現場，也有嫌疑。王宮重地，不可以讓兇殺這樣的事再發生，趕快查出真兇。」

「是！」侍衛隊長躬身應道。

甘羅對小桂子說：「如果你沒做虧心事，就不用害怕。問你什麼，老老實實說就是。」

「嗯，謝謝甘侍讀！」小桂子很感激甘羅出手相助，讓小德子的證詞不成立，否則他就算長了十張嘴也說不清了。

小德子被侍衛推搡着拉走，他邊走邊扭頭望着趙高，一臉懇求，希望他能幫自己說句好話，就像甘羅幫小桂子一樣。只是趙高看也不看他一眼，好像不認識他似的，小德子只好失魂落魄地走了。

下午放學時，嬴政帶着甘羅去了一趟太醫院，了解小山子的情況。負責醫治的伍太醫向嬴政稟報，說是小山子後腦受到重創，現時仍然昏迷。雖然沒有生命危險，但蘇醒時間就很難擔保了，可能是幾天，可能是一個月，也可能無法醒來。

甘羅聽了很是焦心，小山子一日不醒來，小桂子就一日都難洗脫嫌疑。如果他一直不醒，那小桂子怎麼辦呢？

第十章

名偵探甘羅

嬴政見到甘羅皺着小眉頭，憂心忡忡的樣子，知道他擔心小桂子，便從懷裏掏出一個令牌，說：「給你！」

甘羅接過來，眨眨大眼睛，說：「政哥哥，你給令牌我做什麼？」

嬴政說：「你不是很想幫助小桂子嗎？你拿着這個令牌，就可以去任何地方偵查，所有見到令牌的人都要配合。你要查問誰，或者要向誰了解情況都可以。」

甘羅眼睛發亮：「啊，那我豈不是成了大偵探？可以用一個偵探的身分，去偵查小山子被害案？！那我現在可以拿着令牌去牢房找小桂子，了解情況嗎？」

嬴政點點頭：「當然可以。」

甘羅高興得呲着小白牙笑：「太好了，謝謝政哥哥。」

大偵探甘羅開始踏上偵查之路了。他跟政哥哥分手後，準備去找小桂子，卻見到一輛馬車駛來，停在他身邊，趕車的輛內侍對甘羅說：「甘侍讀，今天由我送你回家，上車吧！」

甘羅一看，他認得這個人，這人平日跟趙高走得很近，跟趙高關係很好。

甘羅才不願意讓這樣的人給他駕車呢！萬一這人跟趙高狼狽為奸，想在半路上害自己，自己小胳膊小腿的，怎麼跟他抗衡。到時自己就成了砧板上的肉，任他割任他剁了。

甘羅走過去，跟內侍說不用他送了，自己還有事要逗留在王宮，辦完事後，自己走路回家就行。那內侍張了張嘴，想說什麼，但又沒敢說，默默地趕着馬車走了。

甘羅沒想到，就因為他的小心，讓自己避免了一場災禍。原來那內侍正是受了趙高的指使，準備在半路上故意讓馬兒受驚，讓馬狂奔起來，自己就跳下馬車，讓甘羅在車禍中受傷，甚至死亡。這個趙高，就是這麼狠毒！

再說逃過一劫的甘羅急匆匆地去找小桂子了。王宮裏，有一個專門關押犯錯內侍、宮女的牢房，甘羅一路問了幾個人，才在王宮深處一個偏僻的位置找到了。

牢房門口站着個守衛大叔，長得又高又壯，滿臉鬍子，一臉兇相。見到一個小孩子走來，便瞪大眼睛，說：「你這小郎，快回家吧，這不是玩的地方。」

甘羅也不怕這守衛大叔，他把手裏的令牌舉得高高的：「我是來查案的，要找小桂子問話。」

守衛大叔一愣，雖然覺得一個小不點來查案，有點不可思議，但一看是政公子的令牌，就馬上應了一聲：「遵命！」然後從身上掏了一串鑰匙，打開了身後那道厚厚的木門。

守衛大叔朝裏面吆喝了一聲：「有人來查案了，快來領路。」

一個看上去很年青的守衛大哥走了出來，他張望了一下沒看到有人：「人呢？」

守衛大叔往下指了指：「在這兒。」

守衛大哥低下頭一看，才看見了小小個的甘羅，他有點驚訝：「啊，不是說來查案的嗎？怎麼是個小郎。」

甘羅把令牌伸到他鼻子底下，他昂起小腦袋，說：「小郎不可以查案嗎？」

守衞大哥一看嚇了一跳，是政公子的令牌呢！他趕緊恭恭敬敬地說：「可以，當然可以。請進請進。」

「謝謝！」甘羅跟着守衞大哥走了進去。

通過了一條黑暗潮濕的通道，又走下了十幾級石階，才來到了關人的地方。那是一條長長的通道，通道兩邊用木柱間隔成了一間間牢房。

守衞大叔把甘羅帶到一間牢房門口，然後向裏面坐在草堆上的一個人喊道：「小桂子，有人找你。」

裏面的小桂子已經看見了甘羅，他激動地撲了過來，說：「甘侍讀，你來了！你是來救我出去的嗎？」

「小桂子哥，很抱歉。你現在還不能出來。小山子還沒醒，如果他醒了，說出真相，你就能洗脱罪名。」

小桂子急切地問：「那你知不知道，小山子什麼時候能醒。」

甘羅歎了口氣，說：「太醫說，可能幾天以後，可能是一個月，也可能無法醒來。」

小桂子聽了很沮喪：「天哪！那萬一小山子一直不醒，我豈不是永遠擔着兇手的罪名，被關在這裏。」

甘羅拍拍自己的小胸脯，說：「小桂子哥，你別擔心，有我呢！我會幫你的。」

「甘侍讀，謝謝你。我是個孤兒，無依無靠的，幸好有你幫我。嗚……」小桂子自從出事後都一直忍着不哭，但聽了甘羅這話，卻感動得眼淚嘩嘩直流。

「小桂子哥不哭，不哭。」甘羅輕輕拍着小桂子的肩膀。

「嗯，我不哭。」小桂子點點頭，擦乾眼淚。

「小桂子哥，你跟小德子平時關係怎樣？」甘羅問道。

「雖然算不上朋友，但關係還是融洽的。我也不知道他為什麼要誣陷我。」小桂子有點苦惱，他想了想又說，「不過他這人平時有點迷糊，我猜他會不會是真的看錯了。」

甘羅心想，即使看錯，也肯定有趙高那傢伙在推波助瀾。看趙高之前在案發現場的表現，明顯是一心要把小桂子入罪呀！

甘羅想想又問：「那個小山子跟宮裏其他人相處得怎樣，有沒有仇人？」

小桂子想了想，說：「小山子性格很開朗，跟很多人都能玩在一起。我想不出他會有什麼仇人。」

甘羅小聲嘀咕着：「小山子沒有仇人，那是誰會害他呢？難道是趙高？趙高故意打傷他，然後推到小桂子身上？」

小桂子聽不清楚，問道：「甘侍讀你說什麼？」

甘羅說：「沒什麼。」

沒憑沒據的，甘羅也不好跟小桂子說出心裏的懷疑。

「唉，我平白無故的被捲進了這件事，真是太倒霉了。不過，甘侍讀這麼聰明，一定能幫到我的。」小桂子說到這裏，突然「啊」的大叫一聲，跳了起來。

原來，一隻大老鼠不知從哪裏跑了出來，從他腳面爬過，鑽進了牆角的草堆裏。

小桂子嚇得渾身發抖，他對甘羅說：「甘侍讀，求你了，趕快救我出去。我一刻都不想待了，我怕老鼠！」

甘羅只好安慰說：「小桂子哥，不怕不怕。小桂子哥最勇敢了！」

他嘴裏這麼說，但眼睛卻直朝那草堆看去，害怕那隻老鼠跑出來。因為他也怕老鼠啊！

甘羅又安慰了小桂子幾句，然後趕緊走了。一來他要在那隻老鼠再跑出來之前離開，離得遠遠的；二來，他要趕緊想想辦法，早點把小桂子救出來。老鼠實在太可怕了。

第十一章

再到案發現場

甘羅離開了牢房，一邊走一邊思考着。

案子好像走進了死胡同，正如小桂子所說，小山子人際關係很好，根本沒有仇人，這就是說，沒有人有殺人動機，這就無法推斷誰是兇手；而一日找不到兇手，小桂子就不能脱去罪名，就只能在牢房裏等小山子醒過來。萬一小山子一直不醒呢？

想到牢房裏那隻大老鼠，甘羅簡直汗毛倒豎。而可憐的小桂子卻要和牠住在一起，太可怕了！

甘羅很替小桂子着急，他低着頭一邊走一邊想着心事，到他抬頭時，卻發現自己不知不覺地又走回了假山旁的案發現場。好吧，再仔細瞧瞧，看能不能找到一些破案的線索。

早上剛下過雨，地上仍有點濕滑，現場腳印很多，很凌亂。甘羅想從腳印判斷有多少人來過，或者從鞋子的形狀和鞋底的花紋弄清有那些人來過，已經沒有可能了，現場已經被破壞。

甘羅仔細察看地上，沒發現什麼有用的線索。又走到假山旁邊，地上有一小灘血跡，相信是小山子被人襲擊後倒下的地方。

咦，這假山石上也有血跡呢！甘羅發現，假山石上有一處尖尖的突起，就像一個破土而出的筍尖，而那尖尖上，染了一些血跡。

甘羅蹲下來，兩手托着下巴，盯着帶血的「小筍尖」，眼珠骨碌碌地轉了又轉，心裏突然有了一個想法，事情會不會是這樣……

嗯，有可能！他一轉身，蹬蹬蹬地邁開小短腿，往太醫院跑去了。

伍太醫正在整理醫案，見到甘羅跑來，便笑着問道：「甘小郎，怎麼又來了？」

「伍伯伯，我想問問，小山子腦後的傷口形狀是怎樣的，能看得出來是被什麼器具弄傷的嗎？」甘羅問。

伍太醫想了想，說：「我檢查過，傷口是被尖利的東西刺傷的。」

甘羅用兩隻食指搭了個尖尖，問道：「是這樣形狀的尖尖嗎？」

伍太醫愣了愣，説：「是呀，你怎麼知道的？」

甘羅呲了呲小白牙，得意地説：「我就是知道。以後再告訴您！」

説完，「砰砰砰」又跑回了案發現場。

小山子果然是頭部撞到那小尖石上受傷的，而不是有人拿什麼東西砸傷他的！既然這樣，就可以推斷出，很可能是有人不小心把他推跌，他跌倒時剛好撞到了頭。這人並非跟小山子有仇，不是故意要害他。而這個人見到小山子跌倒受傷，害怕被説成是故意的，因為有心或是無心也的確很難説得清楚，所以他就慌張地逃走了。

這人是誰？怎樣才能找到他呢？

甘羅正在苦苦地想着辦法，突然聽到頭上有説話聲：

「你們兩兄弟別打打鬧鬧了，玩得那麼瘋，小心像之前那兩個人一樣，玩着玩着就出事了。」

甘羅一抬頭，看見大樹上站着一大兩小三隻松鼠，甘羅心裏一動，莫非他們是在說小山子受傷的事？於是便留心地聽着。

兩隻小松鼠有點不以為然。

「知道啦媽媽。不過我們身手靈活呢！不會像他們那樣笨手笨腳的，玩兒也會受傷。」

「我認得那兩個大笨蛋！受傷的是小山子，跑掉的那個是小新子，我常聽到有個老內侍喊他們名字，吩咐他們做事。」

小新子，原來那個人叫小新子！原來真的是兩個人打鬧，不小心跌倒受傷的！甘羅大喜，太好了，這回小桂子哥可以放出來，不用受到大老鼠騷擾了。

甘羅高興地跑去嬴政書房，往常這時候政哥哥都是在書房裏温習功課的。

「政哥哥，政哥哥！」甘羅跑進嬴政書房，政哥哥果然在那裏呢，「政哥哥，案子應該可以破了，整件事是個意外。小山子和小新子在假山旁邊打鬧，因為地上濕滑，推撞之間小山子跌了一跤，後腦剛好撞到了假山上的一塊尖石頭，受傷昏迷。而小新子生怕解釋不清，所以跑掉了……」

嬴政聽甘羅說得那麼肯定，很奇怪，問他是怎麼知道的。甘羅得意地說：「我就是知道，因為我是一個聰明的小郎嘛！」

嬴政笑着敲了他小腦袋一下，馬上吩咐人把小新子帶來。

小新子很快來了，他畏畏縮縮的，一副膽小模樣。嬴政大聲喝道：「事情我們都知道了！你是怎樣推倒小山子，讓他受傷的，快從實招來。」

小新子一聽嚇壞了，馬上撲通一聲跪在地上，戰戰兢兢地把事情說出來。原來，他半路上碰到小山子，兩人打打鬧鬧追逐，你打我一下，我推你一下。跑到假山旁邊時，他推了小山子一下，因為剛下過雨地上很滑，小山子站不穩一下摔倒了。

小新子哭着說：「我本來想伸手拉住小山子的，但一下沒拉住。眼看着小山子仰面倒下了，後腦重重撞到假山上，可能剛好碰到了什麼尖利的東西，小山子當場昏迷過去了，血從他後腦流出來。我嚇了一大跳，正想上前細看小山子情況，卻聽到有腳步聲傳來。我很害怕，害怕被人誤會是我傷害小山子，害怕有理說不清，只好跑了。」

小新子哭得很傷心：「嗚嗚嗚，公子，事情就是這樣，不是我有心害小山子的。我一向跟他玩得來，怎麼會害他呢！」

「好了，別哭了！我相信你不是故意要害小山子。」嬴政擺擺手，但隨即又生氣地說，「即使你不是有心害他，但事情發生後你卻逃跑了，還讓小桂子蒙受不白之冤，這都是你的錯，必須懲罰。」

小新一聽嚇得猛叩頭：「饒命啊公子！我錯了，我不該不顧而去的，我下次不敢了！」

甘羅見小新子叩得額頭都腫了，有點於心不忍，便對嬴政說：「政哥哥，看在小新子能坦白，能認錯，就罰得輕點吧！」

「既然甘羅為你求情，我就從輕發落。」嬴政想了想，說，「就罰你沒半年的薪俸吧！」

小新子一聽，急忙向嬴政叩頭謝恩：「謝謝公子！」

然後又向甘羅叩頭：「謝甘侍讀！」

嬴政揮揮手說：「下去吧！」

小新子又再謝恩，然後退下了。

嬴政伸手摸摸甘羅的腦袋，笑着說：「真不知道你這腦袋是怎麼長的，為什麼這樣聰明。」

甘羅推開他的手，不高興地說：「哎呀，又摸。你怎麼總喜歡摸我的頭，我都快要被你摸傻了！」

嬴政哈哈大笑：「好了，不摸不摸。萬一摸傻了，我未來的丞相沒了怎麼辦！」

他又摸出一塊令牌，扔給甘羅，說：「快去把小桂子放出來吧！」

「好啊！」甘羅接過令牌，一下就跑得沒影了。

他得趕快把可憐的桂子哥從老鼠的爪子下拯救出來。

第十二章

二叔來抓人了

第二天下午，甘羅帶着狗狗大豬跑步去王宮，身後還有一隻小鳥在搧着小翅膀，緊緊跟在他們後面。快到王宮門口時，見到有一個穿紅衣服的身影，原來九素早就等在那裏了。

「哇，終於等到你們了！怎麼這樣遲才來到？」九素埋怨說。

九素對去市集賣藝興致勃勃的，她覺得既好玩，又能掙錢，還可以幫助甘羅，真是一次過實現三個願望，太令人興奮了！

甘羅揮揮手說：「一點沒遲，時間剛剛好。走吧！」

九素拉着甘羅的手催促道：「快走快走，不然又沒地方擺攤賣藝了。」

兩人一狗一鳥走呀走，飛呀飛，終於遠遠看到前面

的市集了。

九素從來沒走過這麼遠的路，累得像小狗那樣伸着舌頭，呼呼地喘氣。她拉拉甘羅的衣袖：「甘羅，我走不動了，你背我！」

「不行，男女授受不親！」甘羅把手放在身後，又皺着小眉頭說，「而且，你這麼胖，我哪裏背得起你。」

「又說我胖！人家都開始減肥了。」九素一聽別人說她胖就會變暴龍，但想想這時面前的人是甘羅，又按捺着怒氣，用委屈的小眼神看着甘羅，說，「人家早晚是要做你小媳婦的，背一背怎麼了？」

甘羅退後兩步，說：「打住！我沒說要你當我小媳婦兒！」

九素得意地說：「你總會答應的。告訴你吧，我已經託人帶信給父王了，跟他說了要當你的小媳婦兒。我要他再多給我一些金子，我知道你是嫌我現在金子太少，看不上。」

「啊！」甘羅瞪着九素，眼珠都快要掉出來了。

這個蠢丫頭！這個小魔怪！我什麼時候嫌你金子少

了？我根本沒打算要你的金子，難道你那個笨腦袋是用來當吃東西的，不是用來思考的嗎？!

小孩子過家家的事情，還是你自己一廂情願的事情，你卻一本正經地告訴了大人，那會讓事情複雜化了。好氣人好氣人好氣人！」

甘羅氣得暴走。

「甘羅甘羅，你不高興嗎？我以後不跟父王說這些就是了……」九素追了上去。

甘羅氣呼呼地走進了市集，心裏生氣九素的胡說八道，連賣藝大叔喊了他幾聲也沒聽見。

「小郎君，小郎君！」賣藝大叔又喊了兩聲。

這回甘羅聽見了，一看是大叔，便回應道：「大叔早！」

大叔笑着說：「甘小郎君，我今天多佔了旁邊一小塊地方，給你表演用的。」

甘羅一聽高興極了，把九素帶給的不愉快拋到九霄雲外：「謝謝大叔！噢，我們有地方賣藝囉！」

九素見到甘羅忘記了她寫信給父王的事，捂着嘴偷笑。然後，又趕緊過來幫忙開攤，招攬觀眾。

她用清脆悅耳的聲音喊了起來：「來呀來呀，走過路過不要錯過，看小狗認字，看小鳥認顏色，還有狗狗和鳥兒跳舞……」

九素清脆的聲音很快就引來了很多大人小孩，他們紛紛圍了過來：

「哇，這兩個孩子之前來過，他們的狗狗和小鳥會跳舞，很有趣！」

「娘，我要看我要看！」

「這鳥兒叫小黃黃，牠會分辨不同顏色的，很聰明呢！咱們看完再走。」

「快來看快來看！開始了開始了！」

「……」

甘羅已經拿出了讓狗狗認字的五顏六色的小竹片，說：「各位叔叔伯伯，嬸嬸姨姨，下面我們的聰明狗狗開始表演認數字了……」

大豬一如之前那樣，如果小竹片上的數字是一，牠就叫一聲；是二，就叫兩聲；是三，就叫三聲，一次也沒有弄錯。

圍觀的人羣沸騰了，人羣中有的人是之前看過表演的，有的是第一次看的。之前看過的仍舊看得津津有味，而第一次看的就驚訝得合不上嘴。

這時輪到小黃黃表演了，甘羅把分別有紅、黃、藍、白、黑顏色的五塊竹片拿在手裏，讓小黃黃給啄出黑色的竹片，小黃黃毫不猶豫地叼起黑竹片，放到甘羅的手上。在觀眾的叫好聲中，小黃鳥又按照甘羅的命令，分別把其他顏色的四塊竹片，準確無誤地叼了出來。

各人都在表達着自己的震驚。

「好，狗狗厲害！認字的速度好像比上次還快了些呢！」

「我今年五十多了，還是第一次看見這樣神奇的事，真是大開眼界！」

「狗狗會認字，小鳥懂分辨顏色，不可思議！」

「爹爹，我想帶那隻小鳥回家，我要！」

人們驚訝着，還不忘拿出身上零錢，扔到地上的竹籃子裏。

甘羅又說：「好了，我們接下來一齊來欣賞狗狗和小黃鳥跳舞。」

甘羅説完就一邊拍手一邊唱起歌來：「左扭扭右扭扭，脖子扭扭屁股扭扭，抖抖右手抖抖左手，動動右腳動動左腳，眨眨眼睛張張嘴，小腳腳跳一跳呀跳兩跳……」

隨着甘羅的歌聲，觀眾們看到一隻小狗狗一本正經地做動作，左扭扭，右扭扭，扭脖子，扭小屁屁……又看到一隻小黃鳥站在狗狗頭上，笨手笨腳但又十分認真十分可愛地做動作……

九素站在狗狗和小鳥後面，也隨着甘羅的歌聲左扭扭，右扭扭，扭扭脖子，扭扭小屁屁……

越來越多人跑來，欣賞這有趣的孩子和動物的互動，人們叫呀，笑呀，市集的這一角，成了歡樂的海洋。

沒有人留意到，圍觀者的外面，有三個高大的男人騎在馬上，眼瞪瞪地看着裏面的表演。其中一個神情威嚴的年輕男子，正用惱怒的眼神盯着賣藝孩子和小動物。

男子把手裏馬鞭一指，朝身邊兩名衞喝道：「把那兩個孩子抓起來！」

兩名隨從聽了，馬上撥開人羣，走進了中間的表演場地。開心的觀眾還沒來得及知道發生了什麼事，甘羅和九素就被兩名又高又壯的大漢，像抓小雞仔一樣，提了出來，九素扔給了那個年輕男子，甘羅被一個隨從夾着坐到了馬背上，一行人在那年輕男子的命令下，拍馬離開了。

甘羅還糊塗着不知發生了什麼事，九素卻拚命扭頭看向地上的竹籃子，尖叫道：「二叔慢着！錢！錢！我們的錢！」

年輕男子沒有讓停下，策馬帶頭離開了。

第十三章

後半生為他煲湯

究竟發生了什麼事？這幾個人是誰？他們為什麼要抓走甘羅和九素？讓我們把時間推回幾天前。

九素的父王接到了女兒寄給他的信。這封信，他每讀一次，就氣惱一次。

他自從把女兒九素送去秦國，心裏還是很掛念那個活潑好動的小丫頭的。每當想起，心裏都有點不好受。要不是秦國強大，他也不捨得把九素送去當人質，希望九素能博得嬴政好感，跟秦國結親，得到秦國庇護。

萬萬沒想到，會是「偷雞不到蝕把米」，九素不但沒能成為嬴政的妃子，還被一個臭小子哄了。

你看看你看看，自己女兒在信裏寫了些什麼——

「……女兒愛死了甘羅小哥哥哦，我前半生陪他看小鴨子小鵝，後半生為他煲湯；我願牽着他的手，從老婆到老婆婆；我要做他寒夜裏温暖的小棉襖小手套，夏日裏解渴的綠豆水，暴雨中的安全小屋頂……」

簡直鬼話連篇，看着都覺得尷尬，也不知道九素從哪兒學來的。還有更離譜的，九素還問自己要更多的錢，之前給她的金子幾十年都夠花了，還說不夠，分明是用來貼給那壞小子了！

一氣之下，他派了自己弟弟成彥，來到了秦國，與師問罪來了。

再說今天成彥來到了秦王宮大門口，便自我介紹身分，提出要見九素公主。宮門守衞剛要派人進去稟報，這時聽到有人說：「這位公子，九素公主不在宮裏。」

這人正是趙高。

趙高起了害甘羅之心，便常常關注着甘羅的行蹤。早上見到九素跟甘羅一起離開，趙高想知道他們去了哪裏，便叫一個叫小富子的內侍悄悄跟着。剛剛派去跟蹤的小富子回來了，兩人正站在離宮門不遠的地方說話。小富子告訴趙高，甘羅帶着九素公主，在市集唱歌跳舞賣藝掙錢呢！趙高一聽，心想暗喜，這次還不抓着你甘羅的錯處，這臭小子膽大包天，竟敢讓一國之公主街頭賣藝，替你掙錢。待我稟告政公子，看政公子這回還會

不會袒護你。

趙高正盤算着，忽然聽到宮門口有人要找九素公主，竟然是九素公主的叔叔來了。

趙高真想仰天大笑三聲，哈哈哈，連老天爺也來幫我，甘羅小子，你死定了！此事讓九素家人得知，肯定不肯善罷甘休。尊貴的小公主，竟然被人哄騙去街頭賣藝，這簡直是天大的侮辱，說不定一怒之下會殺了甘羅，那就省得自己出手了。

趙高急忙走到宮門口，對成彥說：「稟公子，九素公主不在宮裏，她去市集了。」

成彥說：「她去市集幹什麼？這小丫頭，還是那麼好動。市集在什麼地方，快帶我去！」

趙高說：「是。」

趙高走回小富子身邊，小聲說：「你帶這位公子去一趟市集，去九素公主賣藝的地方。記住，一定要讓他們親眼見到公主在賣藝。」

小富子和之前的小桉子，都是趙高的心腹。他點點頭，表示明白了趙高的意思。

就這樣，小富子把成彥帶到市集，他故意經過了甘羅他們賣藝的攤位，讓成彥看見，然後，就發生了甘羅和九素就被帶走的一幕……

成彥把甘羅和九素帶到了一座帶小花園的房子裏，那是他們之前買下，準備給九素在秦國時住的。後來，因為秦莊襄王憐憫九素一個女孩子住在外面，不太安全，讓她進王宮裏住，所以這房子就一直空置着，這次成彥來正好住上了。

九素和甘羅被人從馬背上提了下來，站在成彥對面，九素嘟着嘴瞪着成彥，心裏還在心痛那些沒來得及拿走的賣藝錢。而甘羅和成彥兩人就大眼瞪小眼，你瞅瞅我，我瞅瞅你，誰也沒說話。

甘羅因為之前聽到九素喊了一聲「二叔」，所以知道了面前這人的身分，所以也不害怕，因為他沒有做過對不起九素的事。他還想質問這個二叔呢，自己好好的在賣藝掙錢，怎麼把自己抓到這來了。

成彥瞧着面前這小孩子，知道他就是那個把自己小姪女迷得昏了頭、說「後半生為他煲湯」的傢伙，他沒想到竟是這麼一個小小的、精靈可愛的小郎。哥哥吩咐自己把這小子揍一頓，但自己怎麼下得了手？

成彥問道：「你就是甘羅？」

甘羅挺了挺小胸脯，說：「沒錯。」

成彥又問：「你就是要娶我姪女的人？」

甘羅一聽就炸了：「啊，我什麼時候說過要娶她了？」

成彥馬上怒了：「你這個臭小子，騙了我姪女還想抵賴！」

甘羅氣得跳了起來：「我抵賴什麼了？你才抵賴，你全家都抵賴！」

成彥生氣地看向九素：「你看你看，這臭小子還不認帳呢！枉你寫的信中還說什麼，要『前半生陪他看小鴨小鵝，後半生為他煲湯』，什麼要做他『寒夜裏温暖的小棉襖』……」

甘羅打了個冷顫，雞皮疙瘩掉了一地：「九素，真是你寫的？」

九素洋洋得意的：「嘻嘻，阿禾教我的。是不是很感動？」

阿禾是侍候九素的一名小宮女。

甘羅一跺腳：「感動個鬼，你把我害慘了！」

甘羅只覺得渾身是嘴也解釋不清了。他往兩旁瞅瞅，一邊是人家家裏大人虎視眈眈地盯着他，另一邊是小魔女一臉得意笑嘻嘻地看着他，他不禁又打了個顫。

「成二叔，事情不是你想的那樣的，我還是個孩子呢！」甘羅解釋了好久，終於讓成彥弄清了自己小姪女奇葩的「戀愛史」，聽到九素抱着裝金子的盒子，追着趕着要甘羅娶她做小媳婦時，成彥都笑噴了。

這倆孩子，實在太有趣了！

成彥人比較公道，再加上了解自己小姪女的脾性，所以相信了甘羅的話。而且，甘羅本就長了一副乖模樣，有誰會相信這樣聰明乖巧的小郎是個騙子呢！

本來他兄長交待過：「見到那哄騙九素的臭小子，別跟他囉嗦，直接替我打斷他的腿！」

哇哇，好險！幸虧自己沒有在市集裏馬上出手，否則就無可挽回了。

成彥又了解到甘羅去賣藝是為了還債，了解到他小小年紀就要掙錢養家。但即使這樣缺錢，卻一點不貪九素的金子，送給他都不要。年紀小小，品行高尚，實在令人欽佩。

市集賣藝還錢，還不知要多長時間才能還完兩千錢的債務呢。況且，讓這麼小的孩子去賣藝，也未免令人於心不忍。成彥有心幫助甘羅，起碼幫助他把債還了，只是，怎樣才能說服甘羅接受幫助呢！

這時甘羅打斷了成彥的思索。甘羅一直有個疑問，成彥怎麼就那麼準確地跑到市集，把他們堵在當場呢？他向成彥提出疑問。

成彥回答說：「我去秦王宮找九素，一個叫趙高的內侍說你們在市集，他還派了個人給我們帶路，一直帶到你們賣藝的地方。」

趙高，又是這個壞蛋，他分明是不安好心！甘羅很生氣。

這時成彥突然想到了辦法，他對甘羅說：「甘羅啊，最近有一件事，把我愁死了，不知道你能不能幫我忙。」

甘羅是個熱心助人的孩子，一聽便毫不猶豫地說：「成二叔您儘管說，只要我能做到的，就一定幫你。」

成彥裝出一臉為難的樣子，說：「我們最近打算擴大藏書閣，但各類書籍不管數量和種類都不夠，所以想請人幫助抄書。但因為報酬不多，所以尚缺一名抄書人手，你有沒有時間幫忙？」

甘羅一聽能幫到成二叔，還可以掙錢，忙點頭說：「可以啊！我有時間。」

成彥笑着說：「那好，我等會兒就把要抄的書留給你，你替我抄五本。抄一本三百錢。」

一本三百錢，那五本豈不是有一千五百錢？再加上之前賣藝掙的錢，再湊湊，就可以還上波波的兩千錢欠債了！甘羅心裏很高興，抄書這麼掙錢，怎麼竟然沒有人願意抄呢，那些人一定又懶又笨。

「成二叔，沒問題，我幫你！」甘羅高興地說。

成彥馬上從自己行李裏拿出一本書，那是他帶着在路上看的，他鄭重地交給甘羅：「那你收好了。一式五本，你大約什麼時抄好，我派人去你家取。」

甘羅算了算時間，離波波限定還錢的日期還有六天，他便說：「我六天時間就能抄好。」

成彥嚇了一跳，心想，甘羅要陪嬴政讀書，放學後要回家做功課，只能用空餘時間抄書。六天抄完五本書，這得要多麼勤快才能完成啊！這孩子，真是乖得令人心痛。

早知道就跟他說五百錢抄一本，讓他抄三本算了。可是話已經説出去了，也不好反口，而且五百錢抄一本書，報酬也太優厚，大大超出外面的市場價，讓這聰明孩子發覺自己是有心給出高價，反而不好。這孩子肯定是不會接受的。

這邊甘羅和成彥做成了交易，九素卻生氣地嘟起了嘴，她心裏很不願意甘羅抄書，時間都用在抄書上了，那還能去賣藝嗎？賣藝自己能出一分力，而且又有趣，多好玩啊！

第十四章

甘羅抄書掙錢錢

甘羅喜滋滋地拿着書回到家裏，吃完晚飯，完成了先生布置的功課後，就準備抄書了。

想了想，他又放下了紙筆，爬到牀上，鑽進了被窩裏裝睡。他知道，每天晚上姨母臨睡前都會過來看看他，看他上了牀自己才放心去睡覺的。

抄書掙錢這事要瞞着姨母，姨母不會允許他熬夜抄書的，要是因此知道了他欠債的事，她一定不顧眼睛有病，摸索着也要重新織布去賣，替甘羅還債。這是甘羅不想看到的。

果然，不一會兒，就聽到躡手躡腳走路的聲音，有人推開房門，往牀上瞧了瞧，然後又轉身關上門，悄悄地離開了。

瞞過姨母之後，甘羅掩着嘴嘻嘻地笑了兩聲，從牀上爬起來，開始抄書。

那時候，晚上照明用的是油燈，燃燒的是松樹油脂做的油，那點光比一顆紅豆大不了多少，十分昏暗。甘羅就是在這如豆的光線下，小手拿着毛筆，一筆一劃認真地寫呀寫呀。

光線太暗了，寫一會兒眼睛就又酸又澀，眼淚都流出來了。但甘羅用手背擦擦眼睛，又繼續埋頭抄着。

抄着抄着，寫字的案前露出了一個腦袋，把甘羅嚇了一跳，一看，原來是狗狗大豬。

大豬問：「小郎，怎麼這麼晚還在寫字？」

「噓，小聲點，別驚動了姨母。」甘羅說，「我給人抄書掙錢錢呢！」

「哦。」大豬眼睛睜得大大的，哇，原來寫字還可以掙錢。

牠苦惱地看了看自己的狗爪子，又摸了摸自己的狗頭，心想，如果自己像小主人那樣聰明就好了，那就可以學習寫字，可以幫助小主人抄書，小主人就不用熬夜了。

不過，大豬還是想到了幫助小主人的辦法，牠伏在小主人腳下，用自己的毛毛去溫暖小主人冰冷的小腳丫，讓他舒服一點。

甘羅知道了大豬的善意，伸手摸了摸牠的狗頭。

甘羅抄呀抄呀，直到睏得睜不開眼了，才扔下筆，抱着熟睡的大豬爬上了牀，腦袋一沾枕頭，就馬上睡着了。

就這樣，甘羅每晚都努力地抄書，終於在第六天把書抄完了。成彥也很講信用，他派了人來取走了五本手抄書稿，留下了一千五百錢給甘羅。

甘羅覺得自己變成一個發錢寒了，他笑得露出了一口小白牙，拿着錢數了一遍，又拿出一個小瓦罐，倒出之前存下的錢，又把全部錢再數了一遍，一共兩千零五十錢。

終於可以還掉兩千錢的債了，還剩了五十錢呢！甘羅樂得見牙不見眼。真好，十天內還清了債，自己就不用被波波收走聰明，變成笨蛋了！

啊，怎麼聯絡波波呢？波波好像沒留下聯絡方法，那天，他嗖地一下出現了，然後，又「嗖」地一下不見了。

「波波，波波，你在哪裏？」甘羅正在小聲嘀咕，突然發現有隻小手手在他眼前揮了揮。啊，是波波！好像心有靈犀似的，要找波波時，波波就來了。

「波波，還你錢！」甘羅趕快把錢遞給波波。

「好啊！」波波接過，反手把錢塞進身後的背囊裏。甘羅很好奇地看着那個小背囊，不知道為什麼那麼一大堆錢，也能塞得進去。

之前也見過波波可以隨時從背囊裏掏東西出來，又見過他隨時把東西收起。其實甘羅更好奇的是波波是從哪裏突然冒出來的。平時沒看到他的時候，他又躲到了哪裏？

嘿，不想了不想了，世界上神奇的事多着呢！

「不錯不錯，有借有還，再借不難。以後想買什麼，喊我名字就行。」波波笑嘻嘻說。

甘羅點點頭，「嗯」了一聲。

波波扮了個鬼臉：「有緣再見！」

說完，他身子一扭，就不見了。

甘羅一愣，真是個神出鬼沒的傢伙！不過想想不見也好，以後還是最好不要跟他買東西了，免得又再欠下一身債。

正在想着，聽到「嗖」的一聲，波波又回來了。

波波眼睛骨碌碌地轉動着，小手手撓着頭，好像在回憶着什麼：「小屁孩，我總覺得你很像一個人，像誰呢？像誰呢？」

甘羅眨眨眼，他想起了夢中那個小妹妹，難道波波見過她。甘羅趕緊問：「是個小妹妹嗎？」

波波「噢」了一聲，說：「我想起來了！不是小妹妹，那是個很美的小姐姐，比你高，比你大。」

甘羅有點失望，比自己高，還比自己大，那就不是那個夢中的小妹妹了。

波波眼珠又開始轉，努力地想着：「小姐姐讓我去看望一個人的，可是她還沒來得及把名字寫給我，那隻大笨豬一個噴嚏就把我噴這裏來了。」

波波說完，揮揮小手手，說：「噢，這回真的走了，拜拜！」

他一扭身子，轉眼沒了蹤影。

還完債，甘羅一身輕鬆，第二天去王宮伴讀，也都總是笑嘻嘻的，弄得嬴政也被影響得心情極好，整天氣氛都輕鬆愉快。

之前幾天，甘羅的狀態可是不太好呢，上課時不時打瞌睡，小臉也變尖了，嬴政擔心得直想找太醫來給他看看。

幸好，甘羅很快又變回原來樣子，生龍活虎、活潑可愛，嬴政才放下心來。

今天放學時，甘羅去看望小老虎，因為忙着抄書，自己已經好幾天沒去看牠了。

甘羅從書包裏拿出一個布偶小老虎，那是姨母做給小老虎的。走近老虎屋時，見到有個小內侍低着頭走出來，他一抬頭見到甘羅，很是歡喜：「甘侍讀，你來得太及時了！小老虎發脾氣，不肯吃飯，還朝我吼。」

小內侍知道甘羅跟小老虎的關係很好。

甘羅一聽，加快腳步跑去石屋。他心裏很內疚，小老虎一隻虎在秦國，多寂寞啊，可自己為了掙錢，卻幾天都沒去看牠。

甘羅跑進了石屋，見到鐵欄柵外，小老虎無精打彩地伏在地上，便喊道：「小老虎，小老虎，甘羅來了！」

小老虎聽到甘羅聲音，趕快站了起來，猛地撲向鐵門，委屈地說：「你怎麼這麼多天不來跟我玩！」

「對不起對不起！」甘羅把手從鐵欄的空隙伸了進去，輕輕摸着小老虎的腦袋，「我有些要緊事，所以沒來。真的對不起哦！」

「你來就好，不用說對不起。」小老虎用腦袋去拱甘羅的手，一臉滿足。

甘羅把布偶老虎交給小老虎說：「這是送給你的禮物。」

「啊，送給我的禮物！」小老虎用爪子抓着布偶老虎。他開心極了，牠長這麼大，還沒收到過禮物呢！

「我沒來的時候，你就跟布老虎玩，就沒那麼悶了。」甘羅說。

「好呀，謝謝！」小老虎把布老虎緊緊地捂在胸口。

甘羅撫摸着小老虎柔軟的毛毛，心裏想，但願政哥哥早點找到小老虎的家，讓小老虎跟爸爸媽媽團聚。

在這段時間，自己如果能帶小老虎出去山野玩玩就好了，不用一天到晚困在這裏。

第十五章

帶着老虎打獵去

沒想到，甘羅想帶小老虎出去玩的機會很快到來了。

上課前嬴政告訴甘羅一個好消息，一年一度的狩獵日子到了。大王將於兩天後，帶着大臣們去蒼霞山打獵。

甘羅一聽大喜，他拉着嬴政的衣袖，央求道：「政哥哥，我們把小老虎也帶去，可以嗎？小老虎被關起來那麼久了，牠很想念山野，讓牠去看看吧！」

嬴政吃了一驚，這小傢伙可真異想天開啊！他趕緊勸道：「小甘羅，不是我不願意幫小老虎。但你有沒有想過，小老虎跑出來傷人怎麼辦？小老虎被打獵的人打傷打死怎麼辦？」

甘羅說：「我早想好了！我們把小老虎關在籠子裏，放在牛車上，讓牛車拉着走。讓小老虎看看山野風景，呼吸一下大自然的空氣，小老虎會很開心的。」

「咦，看來可以哦！」嬴政眨眨眼睛，點了點頭。

他也很同情小老虎，之前已經派人去楚國打聽小老虎是在哪裏被捕捉的，但因為路途比較遠，派去的人還沒有回來。甘羅這提議也可以考慮，讓小老虎離開關久了的地方，出去大自然瞧瞧，對牠也是一種安慰啊！

「好，我找父王說說。」嬴政點頭說。

「謝謝政哥哥！」甘羅笑得兩頰現出了小酒窩。

幾天之後，浩浩蕩蕩的狩獵隊伍向着蒼霞山出發了。隊伍拉得很長，參加打獵的有皇親國戚、有大臣、有各自的侍從僕人，還有負責保衞工作的護衞隊伍。

秦莊襄王今天身體有些不舒服，所以沒有參加，但他的兒子們就都出動了。大王沒來，這一行人裏身分最高的就是嬴政了。

嬴政一個人坐在一輛豪華馬車裏，馬車很寬敞，足可以坐下五六個人，但他卻好像坐得並不舒服，不時掀開車簾，看看離他不遠處的一輛馬拉着的大板車。板車上放着一個大大的鐵籠子，鐵籠子裏有隻老虎，老虎並不很大，看得出只有一歲左右。

籠子旁邊坐了一個小男孩，小男孩不住地跟小老虎說話，給牠介紹沿路風光。奇怪的是，那隻小老虎好像聽得懂他說的話似的，隨着男孩小手指的指指點點，不時發出「嗷嗷」的應和聲。

嬴政好幾次想跳到那輛大板車上，跟那小男孩，即甘羅坐在一起。只是騎馬走在旁邊的丞相呂不韋，總是用嚴厲的眼神制止他。

路上走了一個多時辰，終於到達了目的地——蒼霞山。人們稍作休息，便都迫不及待地騎着馬打獵去了。

甘羅本來一直陪在小老虎身邊，陪牠看風景，後來見到政哥哥換了一身獵裝，騎在馬上走了過來，只見他手執弓箭，雄姿英發，引得甘羅流了口水，他也想跟政哥哥那樣持弓躍馬，威風凜凜啊！

於是，他跟小老虎說：「你乖乖地跟小桂子哥留在這裏，我等會兒再來陪你。」然後就「嗒嗒嗒」跑去找政哥哥了。

嬴政早就給甘羅準備了一套小獵裝。甘羅穿上後，在山澗水邊照了又照，覺得自己還挺帥氣的。於是，又在侍從的幫助下爬上了一匹小紅馬。

甘羅之前曾學過騎馬，雖然技術不精，但也勉強能過關。這小紅馬是嬴政特別為他準備的，經過了特別訓練，走路很穩當，個性十分溫馴。

嬴政為了照看甘羅，也沒有跑遠去找獵物，只是在就近處射獵。他運氣不錯，很快射中了幾隻山雞，每次射中，小粉絲甘羅都拍着小手叫好，還跳下馬去幫政哥哥撿獵物，快樂得像隻撒歡的小白兔。

看到甘羅開心的樣子，嬴政很想打一隻大點的野物，讓小伙伴更加高興。

突然，聽到前面有人喊：「野豬，好大的野豬！大家快來，一起圍堵牠！」

嬴政眼睛頓時一亮！

民間曾有一個打獵排行榜：一豬、二熊、三虎、四豹，野豬排第一。這就説明野豬比老虎還厲害，還要難制服。所以，如果能獵到一隻野豬，那是一件多麼了不起的事，值得獵人驕傲一輩子。少年嬴政心裏一直有個英雄情結，聽到發現野豬，又怎麼能不動心。

不過，他放心不下甘羅。

甘羅是個機靈鬼，見到嬴政躍躍欲試的樣子，知道他一顆心早已經飛到野豬那裏去了，便笑嘻嘻地說：「政哥哥，你去吧，我在這裏等你把大野豬抓回來。」

嬴政猶豫了一下，甘羅又說：「我很乖的，不會亂跑。你看，小老虎和小桂子在那邊看着我呢，有事他們會來幫我的。」

嬴政看了看，果然見到十幾米遠處那輛板車上，小老虎趴在籠子裏，小桂子坐在車轅上，一人一虎正虎視眈眈地注視着這邊。

「好。那我去那邊看看，一會兒就回來。」嬴政策馬離開了。

甘羅平時騎馬的機會不多，因為人家要忙着學習嘛，所以他挽着馬韁繩，也不加以約束，由着小紅馬「達達達」地走着。小紅馬挺聽話的，走路又穩，不愧是政哥哥特意挑出來好馬。

騎了一會兒，甘羅看了看不遠處瞧着他的小老虎，準備回去陪牠。甘羅其實對這次打獵興趣不大，因為他又沒力氣射大野獸。射小動物，他又不忍心，要是射中了一隻小白兔，那兔媽媽該多傷心啊！他之所以來這裏，主要是想帶小老虎出來散散心。

正在這時，草叢裏突然發出「沙沙」聲響，聲音越來越近，甘羅一看，不禁大吃一驚。有個黑色的大傢伙朝他跑來了，只見牠嘴巴長長的，兩隻又尖又長的牙齒露在外面。眼睛露出兇光，死死地盯着他。

甘羅從圖畫上見過這傢伙，牠就是獵人們最難制服的野豬！

「小紅馬，快跑！」甘羅急忙喊道。

小紅馬這時也見到了野豬，拔腿就朝着一個方向逃。

野豬跑得很快，緊緊追在後面，看來是認準了甘羅這個目標。甘羅害怕地大喊起來：「救命！」

不幸的是，所有參加打獵的人都去了圍堵野豬了，不打獵的人也都跟着去了看熱鬧，附近竟然沒有人。

天啊，甘羅遇危險了！

第十六章

小老虎勇救甘羅

不遠處的小桂子已發現甘羅面臨的險情，他揚起鞭子，朝駕車的馬喊了一聲：「駕！」趕着馬車向甘羅跑了過來。他想，自己雖然沒力氣跟野豬博鬥，但可以用馬車去撞那傢伙。

但是，因為馬車要不時繞開那些樹木，一直未能接近野豬，而可怕的是野豬已經離甘羅不遠了。

籠子裏的小老虎見了，急得眼睛都紅了。牠在籠子裏轉來轉去，想找個地方鑽出去救甘羅，但是鐵枝排得太密了，牠的身體根本出不去。牠又嘗試用爪子去拗那些鐵枝，想把鐵枝拗斷，但鐵枝又粗又硬，牠拗不斷。

偏偏這時甘羅又出了狀況，那隻小紅馬不知為什麼越跑越慢，而且好像喝醉酒似的，身體也有點搖搖晃晃的。

「小紅馬，你怎麼啦？」甘羅吃驚地問道。

小紅馬張了張嘴，好像想喊什麼，但還沒出聲，就一頭栽在地上，一動不動了。

甘羅被摔出了幾米外，幸好地上有厚厚的落葉，身上沒有受傷，他很快爬了起來。

身後不遠處傳來了野豬的聲音：「哼哼哼，好鮮嫩肥美的小孩，我有口福了！」

甘羅一轉頭，發現野豬已經離他不遠了。好可怕，野豬的身體足有四、五個小孩那麼大，直朝他衝來。他急忙拔腿就跑。

「哼哼，小東西你跑不了啦，趕快成為我的美食吧！」野豬怪叫着。

「你走開！我又沒惹你，你為什麼要吃我。」甘羅邊跑邊叫道。

「哼哼，吃你不需要理由，因為我餓了。」野豬說。

野豬越跑越近，越跑越近，甘羅甚至感覺到了牠嘴巴裏噴出的熱氣。甘羅害怕極了，難道我真要成為野豬的美食嗎？被野豬咬，一定會很痛。我不要，我不要！

籠子裏的小老虎也發現了甘羅危急的狀況，牠怒吼一聲，舉起爪子拚命朝鐵枝拍去，奇跡發生了，鐵枝竟然被拍斷了兩根……

再看甘羅這邊，野豬只在他後面幾步的距離，甘羅已經絕望了，他已經累得跑不動了，腳一軟，倒在地上。腦子裏「轟」的一聲，他想，姨母、政哥哥，你們再也見不到甘羅了……

突然，他聽見身後的野豬慘叫一聲，然後又聽見一聲虎嘯。甘羅眼睛一亮，是小老虎！

真的是小老虎。危急關頭，牠硬從籠子裏跑了出來，因為情況緊急牠來不及拗斷更多鐵枝，弄一個大點的洞，牠硬是從小小的空隙中鑽了出來，身上被擦傷多處，但牠顧不得了，拚命跑來救牠的小伙伴。

小老虎跑得像飛一樣快，牠心中燃着怒火，誰敢傷害我的好伙伴，我叫牠粉身碎骨！

小老虎離野豬越來越近了，但野豬離甘羅更近，只有幾步遠了。小老虎急得一弓身，往前一躍，一下撲在野豬身上。這時，野豬離甘羅僅半步之遙。

叫你欺負我小伙伴！小老虎恨極了野豬，牠張口就咬向野豬的耳朵。

野豬慘叫一聲，頭一甩，啊，耳朵沒了，好痛！牠知道遇上勁敵了，這本來就是個欺軟怕硬的傢伙，牠嚎叫着，拔腿就狼狽逃竄，很快不見了影。

小老虎也沒去追，牠擔心自己的小伙伴，便急忙朝甘羅走去，看他有沒有受傷。

甘羅這時已經爬了起來，他一把抱住小老虎的脖子，大聲説：「謝謝你，小老虎，謝謝你救了我！」

小老虎用腦袋輕輕地拱着甘羅，説：「我們是朋友，不用謝。」

這時，甘羅發現了小老虎身上一道又一道的擦傷，有些地方連毛都蹭掉了，滲着血，頓時明白牠是怎樣艱難地從籠子裏跑出來的，眼淚忍不住流了下來：「小老虎，謝謝你，你一定很痛吧？」

小老虎把腦袋拱到甘羅懷裏，説：「只要你沒事，我不怕痛。」

這時小桂子駕着馬車來到了。剛才小老虎掙破鐵籠跑了出來，把小桂子嚇個半死，生怕牠出來後就一口把他吃掉。之後見到小老虎瘋了似的跑去咬野豬，救了甘羅，心裏更多的是感激。他也顧不上怕了，一個勁地向

小老虎作揖：「謝謝謝謝！」

甘羅擔心地說：「桂子哥，小老虎身上很多傷口，怎麼辦？」

小桂子剛才親眼見到，小老虎是怎樣硬生生地從那狹小的縫隙中擠出來，知道牠身上一定有很多擦傷的地方，便說：「我略懂一些草藥性能，這山上應該有能消炎止血、止痛的草藥，我馬上去採一些，給小老虎敷上。」

「謝謝桂子哥。」甘羅又對小老虎說，「你先忍忍，回去就給你治傷。乖哦。」

「嗯。」小老虎乖乖地點着頭。

這時聽到喧鬧聲，原來是打獵的人回來了，幾名身強力壯的侍衞抬着一頭巨大的野豬，所有人臉上都很興奮。

甘羅怕人們見到老虎跑了出來，惹起不必要的麻煩，便掏出懷裏的鑰匙，打開籠子的門，讓小老虎進去。甘羅歎了口氣，心裏在譴責自己，要是自己剛才把鑰匙留給小桂子就好了，那小老虎就不用受傷了。

他又用手使勁去掰了掰那些鐵枝，紋絲不動的，手還被弄得很痛。可想而知，剛才小老虎是用了多大的勁，才把鐵技拗彎的呀！

小老虎進了籠子，甘羅又找了一些枝葉掛在籠子上，遮住了被小老虎掙開了的洞。

「甘羅甘羅，快來看野豬，好大的野豬！」這時傳來了嬴政的喊聲。

甘羅一看，見到政哥哥策着馬，興高采烈地朝他奔了過來。

「甘羅，我們打到大野豬了，其中有兩箭是我射的，一箭射中了牠的屁股，一箭射中了牠的腳。甘羅，我是不是很厲害！」嬴政跑到甘羅跟前，兩眼亮亮的，臉兒紅紅的，臉上彷彿寫着「快誇我」三個字。

甘羅還沒回答，嬴政就發現不對頭了。怎麼這小傢伙頭髮散亂、臉上有好幾條道被刮破的傷痕，身上黏滿了泥士和草屑，衣服下襬還被掛破了，拖在地上。

他大吃一驚，甘羅怎麼比去追野豬的人還狼狽呢？他不禁驚問道：「甘羅，發生什麼事了？」

甘羅委屈地説：「政哥哥，我差點被大野豬吃了。」

他把剛才發生的事一五一十告訴了嬴政。

嬴政聽了，心都揪成一團了，沒想到自己離開以後，小甘羅竟然經歷了這樣一場天大的危險！他着急地問：「那你身上有沒有受傷？」

嬴政一把抓住甘羅的手，把他的袖子拉起來，看到他手肘上有一大片擦破了皮，往外滲着血。甘羅說：「是摔倒的時候擦傷的。」

嬴政心痛地說：「還有哪裏傷到了？」

甘羅搖頭說：「沒了沒了。我有的只是小傷，小老虎比我傷得嚴重多了。」

嬴政看向伏在籠子裏的小老虎，馬上抬起手，朝小老虎作了個揖，他也不管小老虎聽不懂自己的話，說道：「謝謝你救了我小兄弟。你的情我記住了，等查明了你的家所在，我馬上派人送你回去跟家人團聚。」

小老虎抬起頭，朝嬴政「嗷嗷」了幾聲，好像在給嬴政回應。

這時小桂子抱着一堆草藥回來了，他先給嬴政行了個禮，然後拿出給小老虎餵水的陶缽，用手使勁把那些草藥的汁擠壓出來，滴在陶缽中。等儲了一小缽後，他便給小老虎塗在傷口上。

藥汁可能刺激了傷口，小老虎痛得齜牙咧嘴的，甘羅說：「小老虎不怕，我給你呼呼。」

他湊近籠子，嘟起嘴給小老虎吹傷口。小老虎的傷口塗了藥，又被甘羅呼呼了好一會，覺得疼痛果然少了很多。牠剛才拗鐵枝用力過猛，然後又去追野豬，還咬掉了野豬一隻耳朵，已經耗盡了自己所有的力氣，牠伏在籠子裏，睡着了。

第十七章

發現線索

甘羅拒絕了小桂子為他塗藥，藥汁不多，要留給傷得更重的小老虎用。自己家裏有藥，回家讓姨母塗些便行。

處理好了小老虎的傷，甘羅又和嬴政繼續討論剛才發生的事：「政哥哥，我覺得剛才的事有些奇怪。」

嬴政點點頭說：「我也這樣認為。野豬為什麼會跑到這邊來。我們大隊伍到來之前，就安排了人來預先做好布置，在野豬經常出沒的地方，放上了一些牠們愛吃的東西，比如鳥蛋、老鼠、蛇等等，吸引野豬出來。而實際上也真把牠們引出來了，剛才來了五六隻大野豬，我們一共獵到了兩隻。」

嬴政說到這裏，皺了皺眉頭，說：「但是，我們沒讓人往這邊扔那些東西呀，那隻大野豬為什麼單獨跑到這兒來了呢？」

小桂子在一邊聽着兩人說話，聽到這裏，他對嬴政說：「公子，小桂子有些事想跟您說。」

嬴政看了小桂子一眼，說：「說吧！」

小桂子說：「剛才我去找草藥時，發現一路上的草叢中，都有一些兔子肉和蛇肉，好像是有人故意把野獸往這邊引。」

嬴政和甘羅很吃驚，原來野豬跑來這裏，有這樣的內情。嬴政握緊拳頭，怒火衝天：「這事一定要查到底，看看是誰想害甘羅！」

甘羅覺得很無奈，自己對誰都友好，也從來不會害人，為什麼會有人想害自己呢？他想了想，又說：「政哥哥，還有一件奇怪的事。野豬追我的時候，我騎着小紅馬逃跑，小紅馬之前明明很健康很精神的呀，但不知為什麼跑了一會兒就栽倒了，一動不動的。現在還躺在那邊，看得出有呼吸，但卻一直沒醒過來。」

嬴政聽了馬上說：「你帶我去看看。」

甘羅帶着嬴政去到小紅馬倒下的地方，只見小紅馬還昏迷着。牠靜靜地躺在那裏，身上並沒有傷口，好像睡着了一樣。

嬴政看小紅馬的樣子，像是中了什麼毒，便蹲了下來，仔細地觀察着小紅馬身上的每一寸地方，還時不時用手去摸一摸。

當他摸到小紅馬的脖子時，手突然停住了，眉毛一挑，說：「這裏好像有東西。」

他用手撥開馬毛，細細觀察，眼睛突然一亮，然後用手在那裏一拔，竟然拔出了一根針。

甘羅的眼睛頓時瞪大了，驚叫道：「啊，馬脖子裏為什麼會有一根針！這會有多痛啊。」

嬴政看了看針的顏色，又用鼻子嗅了嗅，皺着眉說：「讓小紅馬昏迷的，不是這根針，而是這根針上面塗的迷藥。」

甘羅感到很驚訝：「啊，迷藥？小紅馬是中了迷藥！」

嬴政點點頭：「是的。我在趙國當質子時，常常到附近一家獸醫館玩，去逗那些看病的貓貓狗狗。那家獸醫館的老大夫很好，也不會趕我走，我也常常給他幫些小忙。一次有個農夫跟鄰居吵了架，被鄰居報復，扎了根針在農夫家的牛身上，那根針就是帶有迷藥的。農夫見牛突然跌倒昏迷，不知得了什麼病，便請了老大夫去他家看診，我也跟着去了。老大夫後來就是在牛身上發現了針，拔了出來，救了那頭牛。老大夫見我好奇，就給我說了這頭牛昏迷的原因，還給我看了那針上的迷藥，讓我聞了聞氣味。」

甘羅睜大了眼睛：「政哥哥，你是說，小紅馬昏迷的原因跟那頭牛是一樣的？」

嬴政繼續說：「對，迷藥的顏色和氣味都一樣。那位獸醫老大夫說過，迷藥進入身體裏時，不會馬上出事，而是通過慢慢滲入血液裏，走遍全身，那時就會陷入昏迷。」

甘羅恍然大悟：「怪不得之前見到小紅馬還好好的，怎麼就突然出事了呢，原來是這個原因。那就是說，小紅馬很可能在我騎上之前就被人刺進了帶有麻藥的針。」

嬴政說：「是的。這個使陰謀的人很可怕，他算準了一切，先是在我挑給你的馬下了迷藥，然後等我離開後，就扔了野豬喜歡的食物把野豬引來，等到野豬追你的時候，小紅馬身上的迷藥就開始發作，小紅馬昏迷倒地，而你人小跑不快，必被野豬傷害。這個人好狠毒！」

甘羅回想起之前的情景，都出了一身冷汗，幸好有小老虎相救。

嬴政說：「連你這麼乖的孩子都要害，這個人心腸太毒了，我一定要把他找出來，替你報仇。」

甘羅其實已經想到了一個人，就是那個莫名其妙就恨上自己的大壞蛋趙高。可是，自己無憑無據，又很難指證他。而且，政哥哥也不會相信呀！

因為趙高這人太狡猾了，他很會在政哥哥面前裝好人，所以，在政哥哥眼裏，他永遠是一個能幹的、聽話的、從不會做錯事的忠實內侍。

唉，怎樣才能讓政哥哥看清趙高的真面目呢？「指鹿為馬」那個故事又浮上心頭，如果這故事是真的，趙高日後可是個大禍害呀！

嬴政做事向來雷厲風行，他馬上派人去審問嫌疑人——負責照顧馬匹的十名僕從，又派人去查看被扔了兔子肉和蛇肉的地方，看看有什麼發現。

一個時辰後，派去調查的人回來向嬴政稟報，所有

線索都指向負責看馬的其中一名內侍——小伍子。

被扔了兔子肉和蛇肉的地方，發現了一個放了防蚊蟲藥的香囊，幾名照顧馬匹的內侍都認出香囊是小伍子的；而也有好幾個人說，小伍子曾經接近過小紅馬。

嬴政大怒，馬上派人把小伍子抓起來。小伍子一直喊冤枉，但人證物證，已是鐵證如山，他無法抵賴。

在沒有人看見的地方，趙高捶胸頓足、面目扭曲，又是咬牙切齒，又是暗暗慶幸。咬牙切齒的是，他費盡心思布局想害甘羅，但因為小老虎出手相救，讓他又沒有成功，真是個打不死的小屁孩。而暗暗慶幸的是，因為他在作案時先做了些手腳，在扔食物引野豬時，把偷來小伍子的香囊扔在那條路上，這使他現在能全身而退。

第十八章
趙高掉坑裏了

這天，小桂子又趕着馬車來接甘羅上學，甘羅一聲不響的，坐在車裏，也沒有像往常那樣一路唱着歌。

小桂子關心地問道：「甘侍讀，你不開心嗎？」

甘羅「嗯」了一聲，說：「我總覺得小伍子是被冤枉的，害我的另有其人。」

小桂子很驚訝，說：「那你覺得會是誰呢？」

甘羅很信任小桂子，所以也不怕跟他直說：「我覺得是趙高。」

小桂子一怔：「趙高？」

甘羅說：「是的。他不是個好人，他害我不止一次了，騙我去老虎屋，把我和老虎關在一起；故意帶九素公主的叔叔去市集看我們賣藝，好讓叔叔記恨我。」

小桂子低頭想着什麼。

甘羅看了看他，說：「其實上次小山子跌倒受傷的

事，他也在煽風點火，想把罪名推到你頭上，你沒察覺嗎？」

小桂子顯得有點沮喪，說：「其實我也察覺到了，當時趙高咄咄逼人，好像很想將我入罪似的。只是……只是他職位比我高，而且很得公子信任，我不敢得罪他，只好吞下了這口氣。」

甘羅說：「桂子哥，你想不想報仇？」

小桂子捏了捏拳頭，說：「想，當然想。你有辦法？」

甘羅得意地說：「當然。甘羅出手，馬到功成！最近呂丞相有點失眠，太醫給他開了一個藥方，需要找一些草藥來曬乾了，製作一個藥枕，用來幫助睡眠。太醫院裏的草藥還差幾樣，趙高自告奮勇，說這些草藥他知道哪裏有，他幫呂丞相上山採摘。他昨天已上了一次山，採了一些回來，但還差一種草藥，我聽見他跟政哥哥說，他今天會去羊頭崖那裏找找，看看那裏有沒有。我們在他去羊頭崖那條路的路上，這樣這樣……」

小桂子聽了哈哈大笑，說：「太好了，讓那個總想算計別人的壞傢伙，也嘗嘗被人暗算的滋味！」

這天下午放學後，甘羅坐上小桂子駕着的馬車，來到了山下。他們把馬車駛進一個小樹林，隱藏好，然後便上了山。走了一小段路，出現了一個分岔路口，右手那條路，便是通往羊頭崖的。他們早已打探好了，這條路平時很少人走的。

小桂子用鋤頭在通往羊頭崖的山路上，挖了一個一人高的坑，挖好後，甘羅找來一些樹枝樹葉蓋在坑的上面，不仔細看，還真看不出下面有一個坑呢！

小桂子說：「這山有猛獸嗎？如果趙高掉進坑裏出不來，會不會被猛獸吃了。」

甘羅說：「我打聽過了，這座山只有小動物，沒有大野獸，他死不了。」

做好這一切，兩人就躲進了距離深坑五、六米遠的一處灌木叢後面。他們一方面等着趙高前來，一方面也提防萬一有別的人走過，好及時提醒他們避過危險。

傍晚時分，大地還是亮亮的，兩人等了一會兒，便聽到鞋子踩在枯葉上面，發出沙沙的響聲。有人來了！

腳步聲越來越近，兩人從枝葉的縫隙中，看清了來人的容貌，果然是趙高。

趙高看來心情不錯，他一邊走一邊哼着小曲兒，心裏美滋滋地想着：自己這次主動幫呂丞相找草藥，呂丞相以後一定會看重自己，那自己以後就有了公子政和丞相兩個大靠山，更可以作威作福了。以後公子繼承王位做了國王，那自己就更是一人之下萬人之上。

不過，為了實現這個夢想，首先要除去那個甘羅，那個臭小子不除去，日後必定是自己成功路上的絆腳石。只是那臭小子也真是命大，幾次害他都死不了。不過，還是要繼續想辦法，即使不把他弄死，也要讓公子厭惡他，把他趕出王宮。

趙高想到這裏，眼前彷彿出現了公子指着甘羅大罵，趕甘羅走的場面。出現了甘羅因為沒了侍讀這份工，沒有薪酬，餓得皮黃骨瘦，最後餓死家中的情景。他不禁得意地大笑起來。

突然，他的笑聲噎在了喉嚨裏，嘎然而止，變成了「啊」的一聲驚叫，然後是「砰」的一聲——他掉進了一個大坑裏。

「成功了成功了！」躲在灌木叢後面的甘羅和小桂子，見到趙高跌入大坑，高興極了。他們想叫，想大聲笑，但又不能讓趙高察覺，只能用手死死地捂着嘴。

趙高壞蛋，你一次又一次地的害人，這次輪到你被人害了，哈哈哈哈哈！

趙高跌入坑裏，十分狼狽，他站起身，用手扒着坑沿想爬上去，但坑邊被小桂子弄得很平整，他找不到一處可以着力的地方。費了很多力氣，花了很多時間，他都沒法從坑裏爬上來。

「救命！救命！救救我……」趙高只好大喊起來。

小桂子張嘴學了一聲狼嚎：「嗷——」

「啊，怎麼這裏會有狼！」趙高嚇得渾身發抖，他又拚命用手去抓坑沿，想往上爬，但還是爬不上來。

小桂子又再學了一聲老虎叫：「嗷嗚——」

「啊，老虎！」趙高更害怕了，自己明明打聽過這裏沒有大野獸，才敢來採藥的，怎知道又有狼又有老虎。

他感到很絕望，蹲在坑裏，抱着頭嗚嗚地哭了，一邊哭還一邊喊，「別吃我，別吃我……」

喊了幾聲，大概又怕被狼和老虎聽見，於是又用手緊緊捂住嘴小聲嗚噓着，哭得眼淚鼻涕一齊流。

甘羅和小桂子捂着嘴偷笑。覺得真解恨呀，這回就讓這個壞蛋嘗一下害怕的感覺。

這邊趙高哭得昏天黑地，那邊甘羅和小桂子悄悄地下山去了。

小桂子先送甘羅回了家，然後準備駕車回王宮。剛剛起動，他便聽到甘羅的聲音：「桂子哥，回去以後，跟政哥哥説一聲，説趙高上山採藥還沒回來，讓政哥哥派人去找他吧！」

小桂子愣了愣，甘侍讀還是心軟啊！趙高之前多次害他，山上狩獵那次，還幾乎讓野豬害了他性命，現在好不容易有機會反擊，但他還是不忍心。

希望趙高通過這次教訓，能善良一點點。

嬴政知道趙高上山採藥未回，果然派了人上山找他，最終在大坑裏發現了嚇昏過去的趙高。

趙高清醒後，一直説是有人想害他，求嬴政找出兇手，還他一個公道，只是嬴政沒理他。

事實上，常常有獵人在山上挖陷阱抓野獸，所以一般人上山都會很小心看着腳下。而且設有陷阱的地方，仔細看還是可以看得出來的，只是趙高走過時只顧想着

怎樣害甘羅，沒有留意看路，所以才掉進了坑裏。這也是他心腸太壞，連老天爺都想懲罰他。

時間在過去，一天，嬴政高興地告訴甘羅，他打聽到小老虎的家在哪裏了！

「啊，太好了太好了！」甘羅很為小老虎開心。但是，他一想到，這就意味着要和小老虎分別了，心裏又有點難過。

這天早上，幾輛馬車停在王宮大門口，其中一輛是載關着小老虎的籠子的，另一輛是兩名侍衞坐的。嬴政特地委派了信得過的侍衞，送小老虎回家。

還有一輛是由小桂子駕着的馬車，那是給甘羅坐的，甘羅很不捨得小老虎，他要送小老虎一段路。

小老虎趴在籠子裏，牠沒有什麼行李，只是嘴裏叼着一隻布老虎。那是甘羅送給牠的，牠十分珍惜，牠要帶回家以作留念。

車子上路了，甘羅沒有上小桂子駕的馬車，而是坐到了載着小老虎的那輛，他把手伸進籠子裏摸着小老虎的腦袋，一路跟牠説話：「小老虎，你回家後要乖哦，不要去危險的地方，要按時吃飯按時睡覺覺。還有，不

要仗着自己是老虎就隨便咬人，知道嗎？」

小老虎目不轉睛地看着甘羅，甘羅每說一句，小老虎就小聲地「嗷嗚」一下，像在回應甘羅的叮囑。駕車的大叔很驚訝，怎麼這小老虎好像聽得懂甘侍讀的話似的。

駕車大叔不知道，其實小老虎是真的在跟甘羅對話呢！

小老虎很捨不得離開甘羅，要不是惦記着家裏的爸爸媽媽和兄弟姐妹，牠肯定會留在秦國的。所以，牠想記住甘羅的每一句話，想把甘羅的每一個笑容刻在心裏。

甘羅一路送了快十里路了，如果再送就趕不及下午的上課時間了。他兩隻手伸進籠子，跟小老虎擁抱了一下，然後依依不捨地跳下了馬車，站在路邊。

載着小老虎的馬車又起程了。

「小老虎，再見了！」甘羅喊道，拚命揮着手。

「嗷嗚！」小老虎也說着再見。

牠在籠子裏用兩隻後爪站了起來，一隻前爪把甘羅送的布老虎捂在胸前，另一隻前爪從籠子裏伸了出來，朝甘羅拚命揮着。

「再見！」

「嗷嗚！」

「再見！」

「嗷嗚！」

就這樣，甘羅和小老虎互相說着再見，互相揮着手，直到載着小老虎的馬車不見了蹤影。

甘羅上了小桂子駕的馬車，他紅着眼眶，抽了幾下鼻子，心裏說：「小老虎，祝你平安回到家，和你的家人團聚，幸福一輩子。」

第十九章

誰來給河神當兒子

甘羅在回去路上一直都怏怏不樂，坐在馬車裏發呆。想着小老虎的可愛，想着跟小老虎很難有再見的時候，心裏很難過。

馬車突然停了下來。他一愣，問道：「桂子哥，幹嘛不走了？」

小桂子說：「前面有很多人，把路都堵死了。」

甘羅聽了，撩起車簾往外面看。

只見前面路邊有條大河，河邊站了有百多人，把路都佔了，路過的幾輛馬車都被逼停了下來。

好像是在進行什麼儀式。甘羅跳下車，走過去看個究竟。

他人小，有縫便鑽，很快便到了人羣的最前面。只見河邊有個年輕男人，他披頭散髮、臉上畫着亂七八糟的油彩，手裏拿着一個鈴鐺，邊搖着鈴鐺邊跳着舞。說是跳舞，也是抬舉他了，反正看上去就是在狂蹦亂跳，簡直跟瘋子沒有兩樣。

而男人的旁邊，放着一個搖籃，搖籃裏面坐着個看上去一歲多的小娃娃。小娃娃長得很可愛，他把大拇指放進嘴裏吮着，瞪着大眼睛看着那人蹦跳，眼裏露出好奇的神情。甘羅發現，在圍觀的百姓裏，很多人都面露不忍，有一對年青男女還抱頭痛哭、悲傷欲絕。

甘羅有點莫名其妙，什麼情況？他問旁邊一個姐姐：「姐姐，這是怎麼回事？」

姐姐告訴他說：「是這樣的。這條河每年都會發大水，河水衝到岸上，衝進我們小王村，淹沒了莊稼，衝垮了房屋。早前來了一位術士，嗯，就是那位。」

姐姐指了指那上躥下跳的男人，繼續說：「術士說，他是這個世界最聰明的人，知道天下事，還能跟河神通話。村裏的鄉親父老希望術士勸說河神，懇請河神不要再發大水，讓村民能安居樂業。村裏每家每戶還湊了一大筆錢，送給術士作為酬金。」

甘羅看了看那個像傻瓜一樣跳跳蹦蹦的術士，一臉懷疑。

姐姐繼續説：「他很厲害，真的找河神轉達了村民的願望。河神也回了話，説之所以每年都要發大水，是因為他不開心。因為他沒有兒子，感到很孤獨。如果村民們送他一個兒子，他就以後都不再發大水了。」

甘羅眼睛睜得大大的，看着那個搖籃裏的小娃娃，心裏萬分震驚，他問道：「難道，那小娃娃就是準備送給河神的？」

姐姐點點頭：「是術士親自從村子裏的小娃娃中選出來的，説這小娃娃最適合河神。等會兒他跳完敬神舞，就會把小娃娃放進河裏。那邊痛哭的兩夫妻，就是小娃娃的父母。」

甘羅憤怒了，這人分明是知道這條村因為位置太封閉，村民見識少，很迷信，就來行騙。其實河水泛濫是一種自然災害，是因為自然降水過量或排水不及時造成的，而不是由什麼神仙控制。至於河神很孤獨，河神想要兒子，根本是一派胡言，是騙人的把戲，是騙子騙錢的一種手段。

早就在甘羅出生那年，就有一位叫李冰的秦國官員，率領民眾在岷江上建了都江堰水利工程，既防止了洪水湧入，又可以引水灌田，河水其實是可以用人力治理的。

這裏的村民因為歷年的洪水泛濫，本來就很窮，這騙子還要把他們僅有的一點點錢給騙走，真是良心喪盡！而更令人髮指的，是他竟然要害死一個可愛的小娃娃，把這麼小的娃娃扔進河裏，還能活嗎？！

甘羅看了看那個小娃娃，又看了看那兩個快哭昏過去的年青父母，心想，不行，我一定要阻止這件慘事發生，我還要狠狠地懲罰這個惡毒的大騙子！

甘羅正苦苦思索想辦法時，那個術士已經跳完舞，他裝模作樣地朝大河拜了幾拜，就對站在人羣前面的一個老人說：「村長，吉時到了，河神已做好了迎接兒子的準備，我要送這娃娃上路了。」

那位老人臉色很不好，他看着搖籃裏的小娃娃，嘴唇顫抖着，艱難地說了一聲：「好。」

「不要！不要！虎娃，虎娃，我要我的虎娃！」小娃娃的母親尖叫起來，拚命要出來阻止。

「虎娃他娘，你冷靜些，這關係到全村人的安危啊！」小娃娃的父親淚流滿臉，但也不得不拉住妻子，制止她衝出去。

術士說過，如果不給河神送兒子，今年的大水會更猛烈，全村人都會被淹死。為了全村人的性命，做父親的不得不狠心犧牲自己兒子。

術士彎下腰，一把將搖籃抱起，走到河邊。

那搖籃裏的小娃娃見到面前洶湧的河水，嚇得大哭起來。他扭身看向父母，揚着小手哭叫着：「爹，娘，虎娃怕怕！」

圍觀的所有人都很難過，很多人哭了。只有那術士毫不猶豫地把搖籃高高舉起，就要向河裏扔去。

正在這時，有把稚嫩的聲音響起：「慢着！」

術士一愣，停下了手中動作。其他村民也抬起頭，看向聲音發出的地方。

只見一個長相可愛的小郎走了出來，他走到術士跟前，說：「這位先生，河神有沒有說要多大的孩子呀？」

其實，正如甘羅所懷疑的，這個所謂的術士根本是個大騙子，河神想要兒子這根本是他胡說八道、裝神弄鬼，想騙村民的錢而已。騙子一點也沒有準備有人會問這個問題，他愣了愣，把搖籃放回地上，說：「啊，這個……這個，他沒說要多大的，聰明的、乖的就行。」

甘羅指着搖籃裏哭得口水鼻涕一起流的孩子，說：「我覺得河神不會喜歡這孩子的。他這麼小，愛哭，又不懂道理，一點都不乖，河神會很煩的。河神一煩，就會發怒，就會怪罪下來，後果很嚴重。不如再選一個年紀大點的給河神送去吧，大孩子聽話！」

騙子當然不同意了，他只想趕緊把孩子扔下河，自己拍拍屁股帶着那一大筆錢遠走高飛，找個地方享清福，哪管這裏洪水滔滔。他搖頭說：「不行不行，現在哪裏去找一個合適的人選。河神在吉時收不到兒子，一生氣，說不定大水立即會湧上來。」

甘羅摸摸下巴，做出一副思考的樣子，然後上下打量了術士一番，又圍着他走了一圈，用手朝他一指，說：「適合的人有了，你就可以啊！你不是說自己是世界上最聰明的人嗎？而且你又很乖不會哭鬧，你就是做河神兒子的最好人選呀！」

「不行！」騙子沒想到甘羅會出這樣的主意，頓時愣住了。

「怎麼不行？快去找你的河神爹吧！」甘羅趁騙子不提防，伸出腳猛一踹他屁股，騙子一個趔趄，一頭栽進了河裏，洶湧的河水馬上把他捲走了。

在場所有人都愣住了，過了一會兒，才歡呼起來，虎娃不用送走了。那兩夫婦跑過去一把抱起孩子，放聲大哭。

其實，之前見到孩子和他的父母哭得那麼慘，村民們早就想阻止這件事了，只是他們又害怕惹怒了河神，給全村人帶來更大災禍。現在好了，有了術士給河神做兒子，河神應不會再禍害小王村了！

這時，那兩夫婦抱着孩子，過來跪下向甘羅叩頭，哭着說：「謝謝小恩公，謝謝小恩公！」

「不用謝！」甘羅急忙把那兩夫婦拉起來。

甘羅又向老村長行了個禮，說：「老爺爺，您好！我叫甘羅，是公子政的侍讀。」

「謝謝甘侍讀救了虎娃。」老村長向甘羅深深回禮。

甘羅大聲說：「各位，這世界上根本沒有河神，你們千萬不要上當。」

村民們一聽都愣了，老村長驚疑地說：「沒有河神？那甘侍讀你剛才叫術士去做河神兒子……」

甘羅笑嘻嘻地說：「我故意的。這人分明是在謀財害命，騙錢又害人。現在他早就不知被河水沖到哪裏去了。他心中有鬼，肯定不敢再回來行騙了。」

大家恍然大悟……

「原來是甘侍讀的計謀！」

「真的沒有河神嗎？要是真有河神，這樣會不會把河神激怒了？」

「我覺得小公子的話是對的，我本來也不相信有什麼河神。」

「是呀！如果有河神的話，為什麼那術士還不回來。我們上當了，差點害死了虎娃！」

「可是，這水患年年泛濫，我們年年遭殃，怎麼辦呢？」

甘羅看着老村長和村民們，說：「水患其實是可以治理的。我可以請公子政派人來幫你們，築堤造壩，興修水利，讓河水不會淹進小王村，還讓河水給你們澆灌莊稼。」

村長一聽大喜：「啊，水患真的可以治理嗎？你還可以讓公子政派人來幫忙？」

村民們個個也都萬分驚喜，雙雙發亮的眼睛看着甘羅。

「嗯！」甘羅使勁地點點頭，「我回去就跟公子政說，公子政人很好的，他一定會答應來幫你們。」

「太好了！」老村長一把抓住甘羅的手，「甘侍讀，那就拜託你了。」

甘羅笑着說：「老爺爺放心，我盡快給你們好消息。」

「謝謝！謝謝！」老村長激動得眼冒淚花。

「謝謝甘侍讀！」村民們一齊喊道。

「不用謝！」甘羅上了馬車。

村民們跟在馬車後面走，一路朝甘羅揮手，直到馬車沒了蹤影。

第二十章

九素走了

九素要回國了。

二叔成彥一向很疼愛九素，本來就不贊成把她送來秦國做人質，以達到接近嬴政、跟秦國聯姻的目的。他跟九素談了一回，知道嬴政已經跟鄭國公主訂下婚約，就更堅定了把九素帶回國的決心。

成彥寫了封信，把自己的想法寫上，派人馬上送回國給大哥。宋王收到信後，知道跟秦國聯姻以尋求保護的打算落空了，婉惜一番之後，同意馬上把九素接回國。

來秦國的時候，九素是一千個不答應一萬個不願意的，誰想遠離父母家人、離鄉別井呀，何況她還是一個小孩子。但這回父王要接她回去，她反而又不肯了。

「不，我想留在這裏，我不回去！」她嘟着小嘴，身子扭得像麻花似的。

成彥把小姪女接到那座花園房子，用了足夠的耐心，作了很多承諾很多保證，包括回國給她買很多漂亮衣服呀，買很多好吃的呀，還有帶她去好玩的地方呀，但說得嘴巴都乾了，還是沒能把九素說服。

成彥沒法了，只好寫了封信，讓侍從送去給甘羅，讓甘羅來勸勸九素。甘羅看了信之後，就去了花園房子。

九素一聽甘羅來了，馬上歡天喜地跑出去迎接。要知道，甘羅還沒試過主動來找她呢！

九素興致勃勃地帶甘羅去花園玩，經過一個池塘的時候，九素看着池塘裏的魚兒，小嘴吱吱喳喳地說着話：「甘羅甘羅，你看這些魚兒漂不漂亮，金色的，尾巴一甩一甩的，多可愛。」

甘羅一看，果然有一羣金鯉魚在池塘裏游來游去，牠們之間還會互動，你咬咬我尾巴，我碰碰你腦袋，很是親熱。

九素說：「牠們是一家人嗎？」

甘羅說：「肯定是。你看，這條最大的是魚爹爹，這條第二大的很漂亮的是魚娘親，旁邊那些小的是魚子魚女。你看魚爹爹在教兒子游泳呢，那魚娘親，總是溫柔地用嘴巴去親女兒的臉，一家魚玩得多開心呀！」

「我小時候，娘也是常常抱着我，親我的臉。我爹就喜歡教我們寫字……」九素陷入了回憶之中，小臉上浮上了思念。漸漸地，她的眼睛蒙上了一層水光，她想家了。

「九素，回家吧！你家裏爹娘在等着你，兄弟姐妹

在等着你，家人團聚，那是多幸福的事啊！」甘羅看着九素說。

「啊。」九素從回憶裏清醒過來，她好像想起了什麼，又搖搖頭，「我不回去！我想留下來，做你的小媳婦兒。」

甘羅用小手指刮着臉頰：「羞羞羞，小孩兒就整天想着做人家小媳婦，你不覺得害臊嗎？」

「我不覺得害臊呀！我就是喜歡你。小孩兒就不能做小媳婦兒嗎？那要什麼時候才能做？」九素眨着眼睛看着甘羅。

甘羅看着九素的小矮個子，撇撇嘴說：「等你長大再說吧！」

「怎樣才算長大？噢，我明白了，長得比嫣然公主再大一點點，對不對？好，那我先回家去，吃多多的飯，努力長高高，努力長大，再來找你，好不好！」

甘羅歎口氣：「好吧！」

九素依依不捨的：「那我走的時候，你來送我嗎？」

甘羅問：「你什麼時候走？」

九素說：「二叔說他急着回國有事要做，明天就走。」

「明天？」甘羅說，「明天不行。明天政哥哥帶着我，還有治水官員去小王村勘察河流情況，跟村長爺爺商量治水的事。」

「啊，那太不巧了。」九素嘟着嘴很不開心。「那你今天就不要走，陪我玩一天，行嗎？」

「好吧！」

「噢，太好了！」

花園裏響起九素開心的笑聲。

成彥一直躲在池塘旁邊的一棵大樹後面，這時滿意地摸摸下巴，自言自語說：「小甘羅果然不辱使命。嘀嘀嘀！」

第二天一大早，甘羅就跟着政哥哥出發了，到了小王村，村長一行人早就等在村口，他們前一天就收到通知，說是公子政和甘侍讀今天會來，所以早早就等在那裏迎接。

知道小王村的命運即將被改變，很快就不用再受洪水侵襲，可以過上安樂日子，老村長等人都熱淚盈眶，

一再拜謝公子政的恩德，同時也感謝甘羅仗義幫忙。

老村長領着大家去到大河邊，述說每年災情給村民帶來的苦難，說着說着又流下淚來，嬴政聽了也心中難過，對甘羅說：「看來，有必要在全國進行普查，看看哪些地方存在水患。」

甘羅心中很高興，他給政哥哥豎起大拇指，說：「政哥哥，你真好，你將來一定是一位好國王！」

嬴政笑着說：「好啊，那你就趕緊長大給我幫忙，幫我守護好大秦江山，做我的好丞相。」

「嘻嘻，一定！咱們約好了。」甘羅笑嘻嘻地說。

甘羅心想，政哥哥，我一定會幫你守護好大秦的，一定不會讓趙高那壞蛋破壞你的大秦，殘害你的百姓！

村長這時帶着大家登上了一座小山崗，居高臨下地觀測大河水情。甘羅無意中望向不遠處那條車道，只見一輛有點熟悉的豪華馬車在駛過。

是成二叔的馬車！那車裏載着九素，他們回國去了。

那個無理取鬧、刁蠻任性的小魔女，那個整天追在他身後要做他小媳婦兒的麻煩鬼，那個為了幫助他掙錢還債、不顧自己的公主身分在市集上又唱又跳的小女孩，離開他了。這一別很可能是永遠，她父王不會再讓她到秦國來了。

甘羅心裏有一種惘然若失的感覺，又一位朋友走了。之前的小老虎，現在的九素。

「甘羅，甘羅！」政哥哥在喊他。

甘羅一看，原來在他發呆的時候，大家已經往山崗下走了。

「來了！」甘羅答應一聲，趕緊跟了上去。

第二十一章

娃娃使者

甘羅今天來到王宮，在文華殿沒看到政哥哥，一問才知道秦莊襄王又病了，政哥哥帶着太醫去了給父王診治。

秦莊襄王在趙國做人質時，境況艱難，所以落下了一身的病痛。回到秦國之後，雖然有太醫幫助調理身體，但還是大病小病一直不斷。

看來政哥哥要耽擱一些時間才能來上課了，甘羅不想一個人呆在文華殿，便走了出來，往南湖走去。

他在湖邊一處幽靜的地方坐了下來，呆呆地看着湖裏吐泡泡的魚兒，悶悶的想着秦王伯伯的病，心裏暗暗祈禱着，秦王伯伯，您快點好起來吧！

正在鬱悶的時候，有什麼東西「咻」的一聲落到他面前，把他嚇了一大跳。

「嗨，小屁孩，我『上下五千年宇宙無敵引領購物新潮流波波小王子』又來了！」原來是尋寶商店的那個波波。

甘羅沒精打彩地抬起手，朝波波揮了揮，跟他打了個招呼。

「有什麼需要買嗎？尋寶商店，貨品應有盡有，你想到的和沒想到的東西都有。」波波懸空的身體一上一下蹦跳着。

「不買！」甘羅搖搖頭，沒心緒理會。

波波鍥而不捨地在他面前蹦來蹦去，小嘴兒「啪啦啪啦」說個不停：「小屁孩，你看湖裏那麼多魚游來游去，不抓幾條上來燉個魚湯喝喝就太可惜了。買一副釣魚工具吧！尋寶商店有能伸縮可長可短的釣竿，有百發百中釣魚鈎，有吊得起大鯊魚的堅韌魚線，總稱『天上地下絕無僅有萬能釣魚工具』，買一副怎麼樣？」

「不買！」甘羅還是搖頭。

「那就買一副宇宙無敵懸浮翼，只要你把它套在臂膀上，就可以浮在水面上，永不沉沒。你就可以魚兒隨便抓，抓一條可以，抓兩條可以，抓三條也可以，抓四條……」

甘羅不耐煩地說：「喂，你說話好囉嗦啊！你說不管抓多少條都可以，不就行了嗎？」

波波撓撓腦袋，不好意思地說：「嘻嘻，慚愧慚愧！我的語文課是體育老師教的，所以『讀寫聽說』能力都一般般。那我接着的推介就說得簡短一點，吸魚器，買嗎？」

甘羅用手捂住耳朵，嘟着嘴說：「又是魚又是魚！別再跟我說抓魚好不好？人家魚兒在水裏玩得多開心呀，為什麼要抓牠們，還要把牠們吃進肚子裏。」

「好好好，咱們不說抓魚了，說別的。我就介紹些你們小孩子最喜歡的，下面就由我來隆重介紹……」

「等等等等！」甘羅突然想到了什麼，他盯着波波，問道，「你說你們尋寶商店裏什麼都有得賣，是嗎？」

「是呀！」波波挺了挺胸脯，驕傲地說。

甘羅眼睛亮了：「那我要買藥，能讓人身體變強壯的藥！」

「能、能讓人身體變強壯的藥嘛……」快嘴波波突然變得吱唔起來。

甘羅急切地說：「快給我，我要去給秦王伯伯服用，讓他身體變好！錢還是先欠着，我努力去掙錢還你。」

「這個這個……」波波撓撓頭。

甘羅見他這樣子，說：「別跟我說沒有。你不是說你的尋寶商店商品豐富，我想不到的東西都有嗎？」

「對不起，我這商店，沒這種東西。」波波不好意思地說。

「小孩子說謊鼻子會變長的。以後不許再說大話了，知道嗎？」甘羅教訓波波。

「知道，知道。」波波覺得很不好意思，他摸摸腦袋，說，「好吧，那我馬上去進貨，讓我的商店貨品更充足更豐富。」說完「咻」一聲飛走了。

「甘羅——」有人在喊。

甘羅聽出是嬴政的聲音，忙應道：「政哥哥，我在這兒！」

很快見到嬴政走來，說：「我就知道你在這裏。」

甘羅很喜歡到湖邊玩，嬴政早就知道他這習慣。

甘羅問：「秦王伯伯怎樣了？」

嬴政坐在甘羅身邊，歎了口氣，說：「太醫來開了藥，煎好讓父王服下了。我等他睡了，才過來找你的。」

甘羅安慰說：「政哥哥別擔心，相信秦王伯伯會好起來的。」

嬴政說：「謝謝你。」

嬴政說完，又長長地歎了口氣。

甘羅瞧瞧嬴政，問道：「政哥哥，你是不是還有其他煩惱事。」

嬴政點點頭，說：「我們鄰近的燕國和趙國，近來都在暗中進行軍事演習。據我們探子查探到的消息，這兩個國家都有出兵吞並別國，擴大自己領土的打算。偏偏這時候父王病了，無法處理國家大事，我們擔心，燕國或者趙國很可能會趁機攻打我們。這事令父王和呂丞相都十分憂慮，呂丞相昨天連夜召集大臣商量，但都想不出一個妥善的辦法。我很想為父王分憂，但無奈又想不出好辦法。真是愁死了！」

「這樣啊！」甘羅聽了，也都皺起了小眉頭。

國王是整個國家的領導人，領導人生病了，無法治理國家，秦國必然人心動蕩，軍心不穩，實在不適宜打仗。如果這時候燕國或者趙國乘機帶兵攻打，那秦國就很危險了。

怎麼辦呢？甘羅用小手指篤篤篤地敲着腦袋，想呀想呀。突然，他眼睛一亮，說：「有辦法！」

嬴政一聽很高興：「甘羅，你說你有辦法？!」

「嗯！」甘羅點點頭，「我想到了一個辦法，不但可以避免燕國和趙國來侵犯，而且我們還可以從中得到好處。」

「真的！」嬴政簡直喜從望外了。

能避免燕國或趙國入侵，已經很幸運了，至於還能得到好處，那簡直是想都不敢想的好事啊！

「快！快把辦法告訴我！」嬴政迫不及待地拉着甘羅的手，但想了想又說，「我們去找丞相，你直接跟他說。」

嬴政一把拉起甘羅，兩人跑去議事大殿找丞相呂不韋。

呂不韋正在和羣臣商量對付燕國和趙國的事，自從秦莊襄王病了後，就由他來暫時主持會議。當甘羅和嬴政兩人氣吁吁地跑到議事大殿時，大殿裏吵鬧得像個菜市場一樣，一眾大臣還在你一句我一句的各出奇謀，只是呂不韋一直在搖頭，認為他們説的全都行不通。

「呂丞相！呂丞相！」嬴政喘着氣，拉着甘羅直接闖了進去。

大殿裏頓時安靜下來，大家都看着兩個孩子，不知他們進來幹什麼。

「呂丞相，甘羅想到辦法了！我們不但可以避免燕國和趙國來犯，而且還可以得到好處。」

包括呂丞相在內，大家全被驚到了，都直愣愣地盯着甘羅。不但可以避免燕國和趙國來侵犯，而且還可以從中得到好處。這孩子，在做白日夢嗎？!

一個白鬍子老大臣皺着眉頭，説：「國家大事不是小孩子玩過家家，你們別耽誤我們的寶貴時間。」

「是呀是呀！甘侍讀你還小，國家大事不用你操心，等長大點再説吧！」

「年紀小小，口氣倒是大！」

大殿裏又變成了菜市場，大家議論紛紛，誰也不相信這小娃娃能想出什麼好辦法。

甘羅不高興了，他小胸脯一挺，説：「國家興亡，匹夫有責。小孩子又怎樣，小孩子也可以關心國家大事的。」

坐在正中的呂不韋咳嗽了一聲，抬抬手讓大家安靜，然後説：「來都來了，讓他説説吧！」

「謝謝丞相！」甘羅朝呂不韋鞠了個躬，然後説，「丞相可以派使者去趙國，這樣這樣……」

甘羅把自己想到的辦法説出，大殿裏所有人都聽呆了。當他們清醒過來時，全都捶胸頓足，唉，真笨，怎麼自己就想不到呢！笨死了笨死了！

呂不韋哈哈大笑：「真是英雄出少年啊！哦，不，是英雄出娃娃。小甘羅你這主意真是妙妙妙，妙極了！這回，我們可以高枕無憂了！」

嬴政高興地抱起甘羅，把他舉得高高的，我這好朋友就是厲害！

「快把我放下，我還有話説呢！」甘羅掙扎着下了地，他對呂丞相説，「呂丞相，我有一個要求，我想做去趙國的使者。」

啊！大殿裏的人又被驚到了，小娃娃當使者，這這

這這，這怎麼行？

呂不韋笑着看向甘羅，問道：「你給我一個派你當使者的理由，如果說得合理，我就讓你去。」

甘羅說：「我要讓趙國的人知道秦國的強大，知道秦國人民的聰明。讓他們明白，連一個秦國小娃娃都這麼有能耐，那秦國的大人不更天下無敵嗎？讓他們對秦國有敬畏之心，那他們才不敢侵犯我國，才會下決心轉而攻打燕國。」

「有道理，有道理！」大殿上頓時響起一片讚歎聲。

呂不韋微笑點頭，說：「好，那我就奏請大王，派你為大使，前往趙國。預祝小甘羅馬到功成，為秦國立下不朽功勛！」

「嘻嘻，甘羅一定完滿完成任務！」

第二十二章

甘羅妙計救秦國

甘羅坐着小桂子趕的車，往趙國而去。他自出生以後，還沒試過出國呢，所以看什麼都覺得新鮮有趣。

「桂子哥你看，那座山像不像一個躺在地上的白鬍子老伯伯？」

「桂子哥，那塊大石頭，太像一隻抬頭朝着天空吼叫的獅子了！」

「桂子哥，那小娃娃手裏拿着的是什麼東西？」

甘羅一路上吱吱喳喳的跟小桂子説着話，漫長的路途也不覺得枯躁。很快，趙國在望了。

趙王看完軍隊的操演，正一臉滿意地回到大殿，喝杯茶，打算把幾名內閣大臣召來，再仔細商量一下攻打秦國的各項細節。是的，他們探聽到了秦王生病的消息，決定「趁他病，要他命」，已決定十天後集齊軍隊攻打秦國，攻城掠地。

剛喝了兩口茶，就聽到有人來報：「大王，秦國使者甘羅前來求見。」

「啊，有秦國使者求見？」趙王一聽心裏暗暗高興，好啊好啊，這不正好給了本王一個探聽秦國虛實的機會嗎？!

「讓他進來！」趙王說。

趙王低着頭，細細品着杯子裏的茶，這時聽到有一把聲音在說：「甘羅拜見大王！」

趙王放下杯子，一抬頭，咦，怎麼沒有人？他又四處瞧了瞧，還是沒見到有人。趙王心裏咯噔一下，頓時有點心慌。鬧鬼了？

正感到詭異時，又見到案桌前露出一個小腦袋，把他嚇了一跳。不過身為一國大王，心理到底比一般人強大，他定了定神，看清楚是個小男孩。因為趙王坐的地方是高了好幾級台階的，小男孩個子又矮小，所以趙王之前沒看到他。現在能看到小男孩腦袋，應該是小男孩踮起了腳的緣故。

小男孩長得很可愛，大眼睛圓溜溜的，露出聰慧的光芒，小鼻子筆挺，小嘴翹翹的，嘴邊還有小酒窩，一看就令人心生好感。

莫非是秦國使者的娃娃，使者一下子沒看好，溜進來玩了。

趙王看着小男孩，只覺得心都快要融化了，他朝甘羅招手，說：「上來，來伯伯身邊坐。」

「好！」甘羅脆脆地應了一聲，就「登登登」地從台階走了上去，乖巧地坐在趙王身邊。

趙王笑瞇瞇地打量着甘羅，又從水果盤子裏挑了一個又大又紅的桃子，遞到甘羅手裏：「吃吧，很甜的。」

甘羅心想這趙王伯伯太平易近人了，讓外國使者坐在身邊，還給桃子吃。他也不客氣地伸手接過桃子，張開小嘴「咔嚓」咬了一口，哇，真甜哦！他笑得眼兒彎彎的，朝趙王說：「真的好甜哦，謝謝大王伯伯！」

「喜歡就多吃幾個。」趙王又挑了兩個大紅桃子，放到甘羅面前。

「謝謝！」甘羅滿嘴都是多汁的桃肉，說話也有點含糊不清的。

趙王邊看着甘羅吃桃子，邊問：「你家大人呢？」

甘羅回答道：「我家大人在秦國呀！」

趙王一愣，咦，這小孩不是秦國使者帶來的嗎？便又問：「那你們使者呢？怎麼還不進來？」

甘羅停下了咀嚼，眨着眼睛說：「啊，我就是秦國使者呀！」

趙王大吃一驚：「啊，你就是秦國使者？」

甘羅從袖子裏取出一卷東西，交給趙王：「這是我的出使文書。」

趙王看了一眼，果然是一份證明甘羅身分的文書，上面還蓋着秦王的大印。趙王詫異地問道：「你們秦國的官員都幹什麼去了？竟然要派一個小娃娃出使？」

甘羅說：「秦國的官員很忙的啊！他們忙着接收剛研究出來世界上最先進的武器，他們忙着日夜訓練勇猛的軍隊，他們忙着關心老百姓的溫飽問題，正全力推廣種植高產的農作物……哎呀反正很多事情要做啦！」

他們在日夜訓練軍隊，這樣的軍隊一定戰鬥力很強啊！秦國還這樣關心百姓溫飽問題，那老百姓肯定很擁戴國君，這樣情況下，如果有誰敢侵犯秦國，他們必然萬眾一心廿同抵抗，那我們還有打贏的可能嗎？

不過，這小娃娃會不會在騙我？他瞅了瞅正在專心地啃咬桃子的甘羅，這麼小的孩子，應該不會說謊的。

趙王沉吟了一會兒，定了定神，問道：「秦王派你來我們趙國，有什麼事嗎？」

甘羅趕緊把嘴裏的桃肉嚥下，然後回答說：「是這樣的。我們大王讓我來告訴你一件事，前天燕國來我們秦國，希望兩國聯合起來，派軍隊攻打你們趙國。」

「什麼？！」趙王登時跳了起來，兩道眉毛豎起，雙眼圓睜，怒道，「燕國欺人太甚，竟然要聯合秦國攻打我們！」

他又緊張地問甘羅：「那你家大王同意了嗎？」

趙王一顆心在顫抖。希望秦王不要答應吧，兩國的軍隊一起攻打的話，他們趙國哪裏能夠抵擋，輸定了啊！

甘羅搖搖頭說：「我們大王沒答應。他說，秦國跟趙國關係友好，像兄弟一樣。一家人不打一家人。」

趙王大喜，說：「說得好！我們趙、秦兩國是兄弟友好關係，我們不打自己人！」

甘羅猛點頭：「嗯嗯嗯。」

趙王對甘羅說：「你回去告訴秦王，我記下了他這份情。今後，趙國有我在一天，就跟秦國友好一天。」

甘羅小臉笑開了花，說：「知道！我一定把趙王伯伯的承諾帶回去，告訴我們大王。」

趙王摸摸甘羅的小腦袋，哈哈大笑。

但他想到燕國的威脅，心裏又擔心起來，嘴裏嘀咕着：「萬一燕國一意孤行，即使秦國不配合，他們也仍然要攻打我國呢？這真是個極大的隱患啊！」

甘羅這時又啃起了桃子，桃子真好吃啊，得帶兩個回去，一個給姨母，一個給政哥哥。聽到趙王的小聲嘀咕，他說：「趙王伯伯，不是有一句話叫做『先下手為強，後下手遭殃』嗎？你干脆先發制人，帶趙國軍隊去打燕國，除去這個隱患！」

趙王一聽，只覺得心裏豁然開朗。是呀，因為之前打算攻打秦國，我國軍隊已經訓練得很強大了，不如就把這支原來要打秦國的軍隊，改為打燕國……

「小甘羅，好主意！」趙王感歎地說，「沒想到你們秦國連小孩子都這麼聰明，秦國人才濟濟啊！」

甘羅朝趙王擠了擠眼睛：「沒錯，我們秦人很聰明的。」

趙王覺得，自己不但這輩子不能招惹秦國，還要告訴子孫，秦人不可惹。想到這裏，他說：「好，我馬上召集軍隊，準備打燕國。打下燕國時，我再備一份大禮感謝你們大王。」

「好啊好啊！」甘羅笑得露出了小虎牙。嘻嘻，政哥哥，我完成自己使命了！

甘羅回秦國不久，就聽到了趙國攻打燕國的消息。

趙王親自率領幾十萬大軍，經過一個多月的苦戰，佔領了燕國三十座城池。燕王驚恐萬分，迫不得已向趙王低頭，懇求他憐恤燕國百姓在戰火下的無助和痛苦，放過燕國。燕國承諾每年送大批物資給趙國，兩國永遠保持友好關係。

每場戰爭都會消耗巨大的人力和物力，趙王也不想繼續打下去，導至國庫空虛，民不聊生，所以見好就收，撤兵回國。

趙王得勝回國，意氣風發，聲望空前高漲，他感激秦王的手下留情，覺得如果之前秦國答應跟燕國聯手的話，那今天戰敗認輸的就是他們趙國了。於是，他把打

下的三十座城池中的十三座，作為謝禮送給了秦國。

秦國知道消息後，舉國歡騰。趙國把原來對準秦國的槍口一轉，打向了燕國，不但消除了燕國或趙國入侵的隱患，讓秦人免受戰爭帶來的苦難，而且還不費吹灰之力得到了十三座城池的饋贈，這簡直是意外驚喜，喜劇結局收場啊！秦國民眾都認為是上天保佑秦國，老天爺帶給他們的幸運。

只有身居朝堂的大臣們，才知道其中原因，這是「甘羅妙計安秦國」呢！大家對甘羅佩服得五體投地，小小年紀就這樣足智多謀，長大必定是國家的棟梁啊！

秦王從呂不韋口中得知這件喜事，特別感到欣慰。他知道自己身患重病，兒子嬴政可能很快就要承接王位，管治國家。過去，他一直都感到不安和憂慮，總怕兒子小小年紀登位，難以擔當大任。現在有了聰明睿智的甘羅，自己就可以放心了，相信甘羅一定能協助嬴政守護好秦國江山，令秦國更加繁榮富強。

「甘羅這次立下大功，一定要重重打賞。呂丞相，你跟政兒商量一下如何賞賜。」秦王吩咐道。

「是，大王！」呂不韋應着。

呂不韋來到文華殿時，嬴政正在做先生布置的功課，趙高跪在一邊，替他磨墨。

見到呂不韋進來，嬴政放下手中的筆，請呂不韋坐下。趙高給呂不韋倒了茶，走到一邊，垂首站立。

「大王命我來問你……」呂不韋給嬴政轉達了秦莊襄王的命令。

嬴政一聽父王要重賞自己的小伙伴，十分開心。甘羅功勞浩大，即使父王不主動下命令，他也準備代甘羅向父王請賞的。他興奮地說：「我認為，要給甘羅升職加薪……」

嬴政和呂不韋正在興致勃勃地商量着怎樣獎勵甘羅，卻不知道旁邊站立着的趙高正在咬牙切齒，心裏滿是羨慕忌妒恨。

真是個打不死的臭小子啊，自己一次次算計他，他都總能逃脫。這次立下大功，自己以後想害他就更不容易了。

難道就由得這臭小子升官發財，成為公子身邊最信任的人嗎？不行，我得想辦法，把這小子打倒、壓扁、拍死在泥土裏！

第二十三章

你說話不算數

今天整個上午甘羅都很開心。早上上學時，政哥哥告訴他，秦莊襄王決定下午帶病上殿，和羣臣一起接見甘羅，當眾表彰甘羅的功勞，並宣布給予他的獎賞。

甘羅很開心，每個小孩子都喜歡受表揚的呀！不知大王會給自己什麼賞獎勵呢？

甘羅對於升職不怎麼感興趣，現在跟着政哥哥做個侍讀蠻好的，有先生教導學問，還有薪酬可以養家，他已經很滿意了。但是，如果給他加薪的話，他會很樂意接受的，多點小錢錢收入，以後想跟波波買點東西也方便很多。

上午上完課後，甘羅和嬴政一起用過午飯，嬴政叫甘羅留在他的書房等秦王宣召，自己就先去了議事大殿。幾天前，他就開始按照父王的安排，跟呂丞相和大臣一起上朝，學習處理事情，管治國家。

甘羅拿出一本書，掀開書房一側那幅巨大的布簾，走了進去。布簾後面放着一張牀，是嬴政讀書累了，臨時躺下休息的地方。

甘羅靠在牀上，邊看書，邊等着宣召。看着看着，突然聽到布簾外有兩個人說話，一把聲音很是刺耳難聽，很容易就辨認出是趙高的聲音。另一把聲音尖尖細細的，大概是哪個宮女在說話。

「趙高，這是給大王的藥嗎？」宮女問。

「是呀！是給大王的新藥。」趙高回答。

「新藥？大王以前一直吃的藥不管用嗎？」

「是呀！大王的病越來越嚴重，太醫開的藥吃着也沒效果。這些藥丸是一位民間著名大夫獻上來的，說是一定能治好大王的病。」

「這個民間大夫信得過嗎？這可是吃進肚子裏的呀！萬一有什麼問題，那就糟糕了。」

「是呀。所以我們公子決定要自己親自試藥，試過沒有問題才給大王吃。公子真是個大孝子啊！」

「公子自己親自試藥？哎呀，這怎麼行！」

「是呀！我勸過公子很多次了，但他堅持要這樣做。唉，我都不知怎麼辦才好。」

「希望這藥沒問題吧！」

「膳廳的地板還沒擦乾淨呢，咱們快走吧，趕快去弄乾淨！」

「好啊，走！」

甘羅沒心緒看書了，他想，秦王伯伯病了，政哥哥不可以再有事。如果政哥哥來試藥，身體出了問題，生病了，那誰來服侍秦王伯伯，誰來代替秦王伯伯處理國家大事？但他也知道，政哥哥很固執，決定的事情不會改變。

不如……

甘羅拿定主意，他站起來，掀起布簾走了出去。只見案桌上擺放着一個木製的小盒子，打開一看，裏面放了七八顆圓圓的棗子般大的藥丸。甘羅毫不猶豫地拿起一顆，放進嘴裏。

哇，好苦啊！甘羅見到盒子旁邊有一瓶水，馬上倒了一杯，把藥沖進喉嚨裏。

甘羅沒發現，門口那棵大樹後面，趙高悄悄探出腦袋，用陰森森的眼神盯着他，看着他的動作。見到甘羅倒了杯水把藥丸沖進去，趙高嘴邊露出一絲獰笑。

吃了藥丸以後，甘羅覺得嘴裏還是有點苦，他又再倒了一杯，「咕咕咕」喝了下去。這時，他覺得有點不舒服，便跌跌撞撞回到布簾後面，在矮榻上躺了下去。

頭好暈啊，眼皮怎麼這樣沉，甘羅覺得意識越來越模糊，越來越模糊……

這時躲在樹後的趙高躡手躡腳走進了書房，把甘羅剛才喝過的那瓶水，還有那隻杯子拿走了。

不管甘羅怎麼聰明，但他畢竟還只是一個思想單純的幼童，不知壞人的心地險惡。原來，剛才趙高那番話，是故意說給布簾後面的甘羅聽的，趙高知道甘羅在那裏看書。其實並沒有什麼宮女，而是趙高一會兒用自己原來聲音，一會兒揑着嗓子扮女聲，只為了演一出戲讓甘羅上當。

他知道甘羅心地善良，又和嬴政十分要好，一定不想讓嬴政試藥。那放在桌上的藥並不是什麼新藥，而是秦王一向服用的藥，一點沒有問題的，有問題的是那瓶水——趙高在水裏放進了一種藥粉，那種藥粉大人喝了只會生一場大病，而甘羅這麼弱小的孩童吃了，卻足以致命。

這時的議事大殿裏，秦莊襄王，嬴政，丞相呂不韋，還有一眾大臣，在大殿討論着如何給甘羅作出嘉獎。解除了戰爭威脅，得了十三座城池，還揚了國威，簡直是前無古人，功高蓋世。所以，朝堂上空前一致地同意給甘羅最高的賞獎——封甘羅為上卿。

上卿是戰國時爵位的稱謂，職級相當於丞相的位置，一般授給勞苦功高的大臣或者貴族。這次授予一個小孩子，也真是十分的破例了。但人家的確功勞浩大，所以大家都毫無異議，在朝堂上一致通過。

當秦莊襄王命一名內侍去宣召甘羅時，嬴政也一起去了。甘羅受嘉獎，最高興最感到驕傲的就是他了，因為，甘羅是他的好朋友呀！ 他帶着內侍一路小跑，往書房而去，想早點把好消息告訴甘羅。

一路去到書房，發現書房沒有人，他又掀開布簾，見到甘羅靜靜地躺在牀上，便上前推他：「甘羅快起來，好消息，你被封為上卿了！」

甘羅一動不動的，嬴政又推了他幾下：「喂，已經成為了不起的上卿了，還只顧着睡懶覺！快醒醒！」

嬴政開始覺得不對頭了，他再仔細看看，才發現甘羅臉色慘白、身子軟軟的，小小的手搭拉在牀邊。嬴政愣了愣，隨即撲通一聲跪在地上，痛哭失聲：「甘羅，你怎麼了？你別嚇我！你不是說要當我的丞相的嗎？你不是說要幫助我管治大秦的嗎？你怎可以說話不算數！甘羅！甘羅……」

此時的甘羅，正陷入了一個沉沉的走不出的夢境。眼前很黑很黑，黑得他迷失了方向。身上很冷很冷，冷得他想趕緊逃離這個身體。

突然，甘羅面前冉冉升起了一個月亮，月亮散發着縷縷藍光，照亮了他腳下的路，温暖着他的身心。他情不自禁地一步步向月亮靠近……

兩千多年後的小嵐正在沉睡，她一點都沒有發覺，自己項練上掛着的月亮戒指在發出爍爍光華。那一縷縷的藍光衝上夜空，穿越千年，牽引着心心念念的人走向她，走向一個美麗的新世界。

公主傳奇38

情牽藍月亮

作　　者：馬翠蘿　麥曉帆
繪　　畫：滿丫丫
責任編輯：胡頌茵
美術設計：李成宇
出　　版：新雅文化事業有限公司
香港英皇道499號北角工業大廈18樓
電話：（852）2138 7998
傳真：（852）2597 4003
網址：http://www.sunya.com.hk
電郵：marketing@sunya.com.hk
發　　行：香港聯合書刊物流有限公司
香港荃灣德士古道220-248號荃灣工業中心16樓
電話：（852）2150 2100
傳真：（852）2407 3062
電郵：info@suplogistics.com.hk
印　　刷：中華商務彩色印刷有限公司
香港新界大埔汀麗路 36 號
版　　次：二〇二四年一月初版

ISBN：978-962-08-8307-1

18/F, North Point Industrial Building, 499 King's Road, Hong Kong
Published in Hong Kong SAR, China
Printed in China